一個人的午夜場

陳克華　著

My Midnight Show

國家圖書館出版品預行編目(CIP)資料

一個人的午夜場 / 陳克華著. -- 一版. -- 臺北市：
書林出版有限公司, 2022.05
面； 公分

ISBN 978-957-445-980-3 (平裝)

863.55 111002865

一個人的午夜場
My Midnight Show

作　　　者　陳克華
出　版　者　書林出版有限公司
　　　　　　100 台北市羅斯福路四段 60 號 3 樓
　　　　　　Tel (02) 2368-4938・2365-8617　　Fax (02) 2368-8929・2363-6630
台北書林書店　106 台北市新生南路三段 88 號 2 樓之 5　　Tel (02) 2365-8617
學校業務部　Tel (02) 2368-7226・(04) 2376-3799・(07) 229-0300
經銷業務部　Tel (02) 2368-4938
發　行　人　蘇正隆
網　　　址　http://www.bookman.com.tw
郵　　　撥　15743873・書林出版有限公司
經 銷 代 理　紅螞蟻圖書有限公司
　　　　　　台北市內湖區舊宗路二段 121 巷 19 號
　　　　　　Tel (02) 2795-3656 (代表號)　　Fax (02) 2795-4100
登　記　證　局版臺業字第一八三一號
出　版　日　2022 年 5 月一版初刷
定　　　價　250 元
I　S　B　N　978-957-445-980-3

欲利用本書全部或部分內容者，須徵得書林出版有限公司同意或書面授權。
請洽書林出版部，Tel (02) 2368-4938。

目次

Chapter 1　杏林春秋

Chapter 2　疫情之後

Chapter 3　詩生活

Chapter 4　　台北的彩虹

耳順（代序）

六十而耳順。

忽然明白自己做不到。

回顧這幾年來的寫作，竟然離不開「詩可以怨」。

詩的怨可以深沈廣濶，可以抽象隱晦，可以至幽微。

而散文的怨則簡單明瞭，一目了然，直接了當。

我是信仰散文的「真」的作者。我傾向在散文裡儘可能陳述「事實」。因此重讀時有種刺痛感。像傷口重新揭露，發現疼痛依舊。而且「暴露」自己太多。而後悔莫及，因為大多已經發表。

也曾就「耳順」請教長者，大多沒有令人驚喜的回答。也許那是人情練達，世事洞明之後才能達到的境界。只要心中執著往昔設下的原則與信念，並以之處處要求別人，耳永遠難順。《普賢菩薩行願品》裡說的「隨順眾生」，也許有幾分神似。當我揣想「耳順」的境界時，一邊也懷疑**耳朵如果真的順了**，該也再沒有散文的創作了？

我希望是，又希望不是。

2022 年

7

Chapter 1

杏林春秋

絕望的帆布提袋

　　下班後從醫院走到捷運站，總會要穿過一段人潮擁擠攤販聚集的騎樓。

　　各式各樣的小販當中，我特別留意到有位賣手提袋的駝背老嫗。

　　會注意到她，還是因為似乎從來沒見過有人買過。

　　那是大約呎半見方的白色方形帆布袋子，兩條同質料的提絆，樣式很普通，說大不大，不太能裝，無法充當購物菜籃；說小又不夠小，不能當作可愛小禮品袋。

　　比較奇特的是，每一隻袋子側面，都畫了卡通動物圖樣。看得出來是手繪的，隻隻不同，也看得出不是出自受過訓練的手。單就美感而言，潔白素淨，什麼圖案都沒有，可能更具賣相。

　　但這位老婆婆固定出現騎樓一個定點，坐在一張矮檯上，身邊一個購物小推車，載滿整疊畫滿動物的帆布袋。

　　她幾乎一動不動，像一小塊暗色的石頭，而人群也似乎看不見她似地匆忙經過。

　　一次我在騎樓下等公車時，意外聽見有人和她聊天，問她：「這都是你先生畫的？」

　　她笑著點點頭。

「是壓克力顏料？」

她又笑了笑，點點頭。

「壓克力顏料不會褪，耐洗，這可以洗的……」她說。

那人看了看，又隨手翻了幾件，終究沒買。

我一旁豎起耳朵，腦海裡浮現出這對老夫妻日常生活的可能影像，很感新奇，又有些傷感——這樣的袋子，這樣的圖畫，誰會買？沒人買如何過日子？

最近一連下了幾天大雨，有好幾天沒見到這位老婆婆出現，直到今晚下班，才又在老地點看到她脊柱幾乎要彎成九十度的背影。但天色才剛暗下來，七點不到，她已經將小推車罩上一塊防雨布，綁上繩子，打算收攤。一時我們四目相對，我直接感受到她的疲憊和失望。

雨下下停停，而這時正是下得最大最猛的時候。我突然想：該如何幫這位老人家？自己掏錢買下這些袋子不是辦法，建議她將袋子加些較具吸引力的裝飾？或寫些年輕人會喜愛的流行語，改畫些公仔人物？

繼而想，我自己其實也不是塊作生意的料，可能出的盡是餿主意……

繼而想起我遊歷過世界，有些國家真的看不到這樣白髮蒼蒼的老人家在路邊當小販……

我望著袋子上那些狗、貓、鳥，發現原來每一隻的表情，其實都是微笑著的。彷彿她和她的先生，即使一隻袋子都賣不出去，都還能這樣肯定：無論如何，生活還是要**微笑以對的**……

但我看著看著，突然感到一絲絕望。

2019 年 6 月 13 日

醫學人文原是夢？

　　近日經過醫院大廳，無意間眼角閃過幾個眼熟的身著白袍的年輕身影，記憶裡搜索一下，沒錯，是我以前在陽明醫學院教醫學人文通識課時的學生。

　　這才驚覺時光飛逝，屈指一算，已經是六年前的事了──那時他們還是大一新鮮人。

　　而我想起上個學期末我在陽明大學上眼科學時，談了幾分鐘的同志婚姻平權，竟然期末被學生「檢舉」，收到學校的「關切」，理由是「上課講與課程內容無關的事」……

　　早在 2000 年從哈佛醫學院進修回台，就有位私立醫學院的院長找上我，要我去他甫上任的醫學院上醫學人文課。當時的我對這主意既滿腔熱血，又衷心疑惑──首先，醫學人文的「實際內容」為何？為什麼同樣是高度專業，法律系不上「律師人文」，建築系不上「建築師人文」，而醫學系卻得「選修中必修」『醫學人文』？而醫學人文課程的師資從何而來，必須具備何種條件和資格，課程的核心價值和主旨方向何在？這些甚至在我踏上講堂時，都還沒有人能夠給我答案。又直到真正上課，才發現由於醫學人文放在全校選修（而非當初以為的只有醫學系），結果來了一群把這門課當「營養學分」，甚至

是「救命學分」的各系學生，和我預想中的「得醫學英才而教育之」有極大差別，開學後又手忙腳亂重新調整了教材內容。

一連上了幾學期下來，隱約知道這是教育部的「政策」，長官寫菜單，學校就得立刻端出菜來——而我被視為「醫學人文」的現成「標準教材」，令我一時心頭百味雜陳。因為自從踏入醫院，我的文學創作背景就一直為我帶來麻煩，同儕長官除了冷眼白眼相待，對我只有「防衛」之心。

當時我內心喃喃的獨白是：現在的醫學生早已不是一張人格教育的「白紙」了。從小學甚至更早，社會的主流價值和家庭的人格塑造早已完成，如果說我們的社會是功利勢利的，那極有可能，成功走進醫學院的這群學生，便是這個畸形價值的基本教義派，最冷血嗜血的信奉者和集大成者。

之後的課程在我加入性向平等內容之後，莫名其妙結束了，甚至在開學前都未通知我一聲。我更加疑惑——醫學人文教育不包括性別教育？還是天縱英明的醫學生不必認識自己探索自我，包括自己的性取向？還是，校方可以無知到認為他的學生當中不會有同志？

記得一個秋日午後，我第一次嘗試從石牌捷運站搭陽明校車。依稀記得在捷運站出口斜對角眼鏡店有一站，我走近一看，果然有幾位學生模樣的年輕人在等車，我趨前向其中一位問：「同學，請問陽明校車是在這裡搭嗎？」對方毫無表情地點了點頭，又將頭轉開。

我低頭看報，一會兒再抬頭，發現校車不知何時已經停在

我眼前，學生們都已上車，車門正待關上要駛走。我連忙上前招手呼叫，但司機顯然沒有注意到我，車子依然關上車門緩緩駛走了——然後，我看見方才我向他詢問的那位學生的臉，出現在車窗的方格裡，他依然毫無表情，冷漠地注視著我——他難道不知道我也在等校車上山嗎？上車前就不能喚我一聲？

沒有。

我遠遠看著那張車窗裡年輕而淡漠的臉，隨著校車在塵囂裡逐漸遠去，終於消失在街角。

不知為何多年後我依然清清楚楚記得那一張臉。

一張具體濃縮了當今功利社會的年輕一代學生的臉：自我，冷漠，聰明，勢利。

而那張臉，便是壓死我多年以來的醫學人文夢的最後一根稻草罷！

2018 年改寫

病德

今天門診遇到一件怪事。

是一對操大陸口音的母女，初診。來看病的原因是唸國中一年級的女兒，她平日戴的角膜塑型片今天戴上之後不見了，媽責怪女兒弄丟鏡片，而女兒說鏡片還在眼睛裡，媽媽查看了半天說沒有——兩人在來醫院之前已經有一番爭執。

媽媽怪女兒搞丟了才花大錢配的塑型眼鏡，女兒堅持她沒丟，是媽媽找不到。

結果我從顯微鏡裡，發現了女兒位移至眼睛內角的片子，取出，母親看到當下臉色一變——因為女兒勝了。之後我看了一下女兒的驗光數據，乖乖，發現女兒才國一的近視竟然已經上千度，而按照角膜塑型片的設計原理，女兒的角膜已經不適合再戴塑型片。其實這也說明為何鏡片三個月內已經位移兩次。

由於看過太多配戴不良的塑型片所造成諸多副作用和後遺症（如角膜潰瘍等），我力勸媽媽不要讓女兒再戴會移位的塑型片，誰知這位大嗓門的媽媽滿臉漲紅，立刻破口大罵：不要以為我那麼喜歡讓我女兒戴隱形眼鏡，還不是因為她一年增加一百度，你這個醫生怎麼這樣說話……（事後回想，她應該

是不爽她才花了幾萬元為兩個女兒買塑型片，不到幾個月，我這不識相的醫生卻要她不要讓她女兒再戴。）

罵完之後，她又問我如何預防女兒的近視加深，我說最有效安全的方法還是點長效型散瞳藥阿托品。也順手開了阿托品給她女兒。

我以為事情就這樣結束了。誰料這位媽媽走出診間門外，在護士尚未遞給她計價單和藥單之前，又在候診區大聲謾罵起來，說她這輩子沒有見過這麼爛的醫生，一時驚動了候診病人和其他診間的醫生和護士……

當日門診結束，我想起覺得既然開了散瞳藥，應該還是要請女兒回診，追蹤近視度數，於是打電話給樓下計價櫃台請病人回來。誰知當媽媽帶著女兒回到診間時已經是過了晚餐時間。

我說小孩子點散瞳藥應該至少三個月要追蹤一次。

媽媽表情冷漠地回我：她們馬上就要飛上海，九月開學才會回來。

我在電腦前開預約回診單時，她竟然執意不肯告訴我她女兒的開學日……

我只好算了一下日子，開給她九月底的回診單。心中暗自叫苦。

當今日的醫病關係已淪為商業契約行為時，當我們以超高道德標準要求醫護人員的「醫德」時，我們是否，也應該要求一下病人看病的「病德」呢？

診間裡的媽寶

　　首先，正對著我的是一張濃眉大眼的大圓臉，嚴格來說，不能不說是帶些男子氣。三十開外，一臉刮過的鬍渣，高大的身量，給人一種運動員的第一印象。

　　鏡頭再往後拉一點，他身後，診間遠遠門旁，立著一位中年婦女。

　　臘黃臉，中等身材，衣著絲毫不起眼，但細縫的眼皮下精光閃爍。

　　我立刻想起早上開診前接到數十年不曾聯絡過的學姊（也是眼科醫師）的電話。先是一番客套寒暄，她才開口要我多關照一位眼睛被化學藥劑灼傷的年輕人：「是我好朋友的兒子，我知道你是台灣最優秀的眼角膜醫師……」

　　對於最後這一句明顯的溢美之詞，我不由自主覺得嫌惡，加上又是多年沒連絡的同業，我也只能如實吞下：「會的，你放心，學姊……」

　　檢查完，開了藥，我分明覺得這位立在門邊不發一語的母親，她閃爍的目光不時在我身上掃射過來，掃射過去。

　　「我現在幫你帶上治療型隱形眼鏡，可以讓角膜的上皮恢復得快一點……」我說。

　　兩天後回診，我又在開診時接到電話。

　　「學姊，怎麼了？」

　　「我那朋友說你幫她兒子開了類固醇？……」學姊問。

　　我開始解釋眼睛的化學性灼傷，在沒有感染的顧慮下，是可以在醫生指導下使用類固醇，對預後可能是有好處的。但我內心的立即反應是：妳自己不也是眼科醫生嗎？為什麼會問這樣外行的問題……這樣的質問不但無禮，而且傷人。

　　我才明白，我在診間裡對她兒子的所有處置，這位母親已經一五一十都告訴了我學姊。

　　我的想法是：那為什麼不乾脆直接去找我學姊看就好了？幹嘛找我看，又處處不放心，不信任……

　　信任呵。信任！

　　我問病人：「有沒有覺得好一點，現在比較不痛了……」

　　病人眨了眨眼睛，說：「好像有比較好了……」誰知這時母親跳了出來，指正他兒子，又像要戳破我似的：「那是因為你戴了隱形眼鏡的關係……」

　　我一時啞然。

　　第三次回診，依舊收到學姊一大早的來電：「好像復原得不如預期？」

　　我這回不禁動了肝火：「妳難道不知道化學性灼傷在接觸的當下，已經決定了預後的百分之八十？」

　　醫生能做的，不過是在這僅存的百分二十裡，寸土必爭。

　　而其實第三次回診，他的角膜已經完全恢復了。視力已經

達到 1.0。為什麼病人在診間裡什麼話也沒有，而我卻老是接到病人母親透過學姊的問話？

我多看了他的電子病歷一眼，乖乖，已經卅四歲了。卅四歲還由媽媽帶著來看病？

我抬頭又多看了他一眼。

那多出的一眼他立刻明白了我眼中的意思。

第四次回診，我沒有再接到電話，那女人沒有再出現。

我們下一代的下一代

　　A 君夫婦和我認識在彼此的而立之年。那時他們的獨子才四歲。

　　夫妻倆共同經營一家咖啡店，小孩就擱在店面另外隔出的一間小閣樓裡。我們熟起來之後，我也常趁他們夫妻在忙，上到閣樓陪小孩玩。

　　「為什麼不多生幾個？趁還年輕……」我問。A 君沒有回應。那表情就是「工作那麼忙，哪有時間養小孩。」

　　之後 A 君將咖啡店結束，另外在市區經營早餐店。這時小孩已經上小學。有天去找 A 君，發現夫婦倆十分焦慮，原來是小孩發燒，已經看了醫生服了藥，正在臥室裏躺著。

　　「空調調 24 度可以嗎？」A 妻手持冷氣搖控器，緊張憂慮地問我：「24 度會不會太冷？還是太熱？」我一時語塞，因為沒有在教科書上學過，感冒的孩子應該給他室溫幾度。

　　「應該可以吧？」我隨口說說，只覺得他們夫妻倆好像把小孩當皇上。

　　之後的幾次見面他們都帶著小孩，有次 A 妻看著寶貝獨子，嘆了一口氣，說：「現在的小孩真幸福啊，我們從前哪有這樣，要什麼有什麼……」

　　我想起我的小學時代，民國六、七十年代，小孩犯錯幾乎都是體罰，更不必說在學校成績退步或犯了校規。規矩嚴一點的家長如果孩子在學校被處罰，還會親自到學校向老師道謝。

　　我們這一代就這樣成長起來，似乎也沒有留下什麼心理陰影或人格扭曲。小孩子挨打完一下子什麼都忘了，「童年的陰影」隨個人不同不能一概而論，但體罰似乎不是重點——「聽說」現在的小孩不能打不能罵（不然會被告或影像 po 上網），但「好像」兒童的處境並沒有改善，教改之後學習壓力不減反增，最近新聞虐童事件更是層出不窮……我想了一下。

　　A 妻之後語重心長地補了一句：「但也只有他們這一代了，等他們長大了，也不會對自己的小孩這麼好了……」

　　沒想到，多年以後回味這句話，竟然有些一語成讖的味道……

　　之後小孩上了大學，住在學校同時也交了女友，夫妻見小孩大了，剛好國外有工作的機會，於是雙雙出國。

　　一日我接到這個寶貝兒子打來的電話，說他出了車禍，目前人在醫院急診……。原來他騎機車載女友從學校下山，在彎道處翻倒，跌得十分嚴重，肋骨鎖骨多處斷裂，特別是下顎受損牙齒斷了整排。我立即通知了身在國外的 A 君夫婦，拜託了醫生同事，做了身為長輩能做的事，直到他們夫妻回到台灣。

　　多年過去，一日又接到 A 君打來的電話。A 君在電話中吞吞吐吐了半晌，才說明他打電話的目的。原來寶貝兒子又出車禍，這回是騎重機，半夜在北海岸，摔得更嚴重，已經是半

年前的事。半年來躺在家裡，右小腿粉碎性骨折，打了鋼釘上了石膏，之後體表皮膚一直無法癒合，移植大腿的皮也沒改善，可是最近醫師又說骨髓有發炎感染的跡象……

我在電話這頭張大了嘴，聽完感覺自己的舌頭都涼了。已經是第二次了，而且這回還是重機。

記得前一陣子才聽 A 君提起，寶貝兒子已經訂婚，正在籌備婚禮……

我掛上電話，開始懷疑我們捧在手心含在嘴裏的下一代，真的能當稱職的父母？生活上、心理上，他們似乎還是個孩子？

而我們的下一代的下一代，他們怎麼辦？

2019 年 1 月 26 日

我的美國病人

不知從何時起，我一眼便能認出誰是從美國回來看病的。通常是他們臉上掩不住的悽悽惶惶的神色。

女的通常較台灣人同年齡的女性看上去顯老，常脂粉不施，頭髮凌亂，衣著樸素（或者說隨意一點），不那麼刻意打扮。但骨架粗大些，是橘逾淮為枳？水土不同有影響？

男的則較同年齡的台灣男性身材壯碩些，精神奕奕些，表情活潑些。

但共通點是焦慮指數破表。

「好像幾百年沒看過病似的⋯⋯」診間裡我不免心裏犯嘀咕。

點開病人的電子病歷查看，通常距離上一次門診都一年以上了，再一看，乖乖，一天看三四個門診，一個禮拜看八科，除了拿藥，照 X 光，還抽了一大堆血。

把門診當作健檢，反正健保通通買單。

只是病人口氣裡有種不自覺的急迫，一般而言，三言兩語就想知道結論：「醫生我到底是有什麼病？」有時我被激怒了：「我又不是神仙，起碼也先等檢查結果報告出來吧⋯⋯」

通常是這個時候，病人的「美國」身分才會顯露出來。

「這個檢查做的人很多，要三個星期後才排得到……」我說。

病人面有難色：「我明天就走了……」

「住美國？」

病人點點頭。

「難道美國沒有醫生嗎？」我沒有好氣。

「你不知道美國看病有多難？！有多麻煩……」

我當然知道。

而且也還不只美國。

其他國家不說，幾個號稱公醫制度發達的地區或國家，看病也遠不及台灣便利，「俗又大碗」。加拿大醫生牙痛先開止痛藥，通常也不能第一時間處理；開白內障還好，但也有時一排幾個月，還會被醫生「拉」到他的私人診所，改自費開。香港朋友攝護腺肥大解不出尿，幾次進出醫院急診，結果只是為他掛上尿袋。由於他的工作是演員，還帶著尿袋上舞台。最後他終於忍不住找私人醫院醫生開刀切除攝護腺，也是自費好幾萬港幣。而新加坡這蕞爾之地富庶之城，也給人醫學中心強，地區診所不怎麼樣的印象。

「健保可真是打遍天下無敵手的好用呵……」我私下感嘆，一切可歸功於一個一味討好民眾的政府端出的政策，而可以不惜把醫護人員當作任意壓榨使喚的勞工丫環，賤價勞力……

而民眾因此心存感激嗎？健保費一說要漲立刻陳情抗議，看病不爽動輒告上法院，急診一言不合便大打出手，一個立意良好的健保，在許多醫護人員的眼中，卻只處處看見人性的貪

婪自私，不知珍惜，身在福中卻毫無自尊自重……

總之健保之後，醫病關係只見惡化，人與人最基本的互信互重完全破產。醫護這行業由一個高尚助人的良心志業，淪為處處盯著數字看的「數豆者」（bean counter）行當……

「我退休後就要搬回台灣了……」有美國病人說。

在把青春、事業、才華、成就「貢獻」給美國之後，帶著一身病痛的身體回到台灣。

我猜，台灣若是少了健保制度，航空業應該會蕭條許多，國際機場也會門庭寥落些？

「來來來，來台大；去去去，去美國。」曾經是台灣一個時代的隱台詞。

走過人生的中游，驀然回首，當初命運將你帶向何方，往往並不操控在自己手上。幾許躊躇，多少無奈——誰能料到「美國夢」的背後，是必須遠渡重洋回台灣看病？

而身為健保國家機器的一顆小螺絲，我只希望將來輪到我「一身病痛」的時候，健保還存在……

2019 年 1 月 27 日

蜘蛛的「美德」

那天得空看了電視上一小段 Discovery 的動物頻道,是有關各種小動物在嚴酷的自然環境中,各種稀奇古怪的生存之道。其中一種白色的粉蝶(忘了名字),由於在幼蟲時期吃下了大量寄主植物的某種毒素,成蟲之後身上仍然會散發毒素的氣味,讓天敵自動避開或不想吃它。

影片中這隻粉蝶後來掉入蛛網,蜘蛛前來盤桓一陣,最後後並沒有吃掉牠,就是這個緣故。

這讓我想起多年前一位急診病人。她因為飼養樺斑蝶而在家裡花園栽種了許多馬利筋(又稱金鳳花),在摘取餵食幼蟲的花葉時,不慎被濺出的汁液傷到角膜。

十分罕見地,她的角膜嚴重水腫,卻絲毫沒有任何外傷的痕跡,或上皮細胞缺損。我上網查詢了一下,馬利筋的汁液毒素固然成分複雜,但能夠在很短時間內立即造成角膜嚴重水腫的,應該只有「鈉鉀離子 ATP 酶」的抑制劑了。果然文獻上記載馬利筋枝葉就富含這種酶的天然抑制劑。結果也如我所料,不必治療,在這抑制劑效果消退的幾天後,病人的角膜水腫消失,視力也就恢復了。

而這存在於馬利筋枝葉中的「鈉鉀離子 ATP 酶抑制劑」

（和可能其他成分），是植物天然的自我保護機制之一，牛羊吃草時都懂得避開這類「含毒」的植物。這類成分也極有可能就是許多蝶類的毛毛蟲攝取的天然護身藥物，雖具毒性卻對蝴蝶本身毫無作用。大自然的神奇由此可見一斑。

而影片的結尾，大自然界更神奇的事情卻發生了。

蜘蛛因為不吃粉蝶，竟然在困住粉蝶的蜘網上，以牠的前腳做了幾個細微的動作，一下子便解開了蜘網對粉蝶的纏繞。當場粉蝶立刻振翅而去，逃之夭夭。

影片旁白大肆讚美了蝴蝶的生存技倆，卻對蜘蛛的行為隻字未提。

蜘蛛將牠不吃的食物釋放，不正是大自然界比蝴蝶吃進天然毒素的「生存策略」，更大的「驚奇」？也許有人會說，蜘蛛會這麼做，只是為了要在牠網中挪出更多空間來誘捕其他獵物，其實也是蜘蛛的「生存策略」之一，並非什麼「美德」；而牠不必因此另結新網，也合乎生物的經濟學原則。

而我個人想法是，起碼蜘蛛沒讓他不吃的食物掛在網上發臭，順手放他一條生路，不論背後動機如何，總是一樁美事。因為在許多人類身上，就做不到。

試看人類的便利商店、餐廳、「吃到飽」自助餐，午夜過後要清理掉多少人類製造出來或點了之後吃不掉，吃不下，不想吃，還來不及吃就過期的食物？人類可曾將自己手中不吃的「活生生」歸還給大自然？

《聖經・創世紀》說：神創造了一切。第一天有了光暗和

日夜。……第五天，天上飛著鳥，海裡游著魚。第六天，神照著自己的形象創造出男女和陸地上的動物。人管理著世界上的活物，各種植物果蔬動物都成了人類的食物。

其中第六天發生的事光看字面上的意思，令人髮指。人類在自然界裡有資格「『管理』世界上的活物」？並吃掉所有？我個人相信「創」的作者並不是這個意思。但世界人類文明卻是朝這個方向走的，起碼資本主義是。而人類也親眼見識到人類「管理」並「吃掉」世上所有活物的後果。

增廣賢文裡說：「良田萬頃，日食一升；廣廈千間，夜眠八尺。鷦鷯巢林，不過一枝；鼴鼠飲河，不過滿腹。」也許，現在正是人類重新檢點自己的「八尺」與「一升」的時候了？

門診驚魂

和一位律師朋友聊天，他問醫生一天要看幾個病人，我說要看科別屬性，像眼科在醫學中心，因為檢查特別多，我個人一般門診一節看四十個，同儕之中算是少的。

「四十個？」律師朋友訝然而起，不可置信：「你不知道現在外面瘋子有多少嗎？我一天才接幾個客戶的委託電話就已經受不了。現在社會上奇奇怪怪的人可真多呀！」

而我沒說出口的是：大部分醫師一天門診病人絕對不只四十個………。

「醫生一天要遇到多少個瘋子？而瘋子絕對不會承認自己是瘋子………」

那天中午看完門診，再收一收拾，已經是下午一點廿分左右。飢腸轆轆，又想起今天和友人—林老師夫婦及 Annie 約在醫院附近的莎諾餐廳見面，已經快要遲到，便匆匆奔向電梯。

經過候診區的時候，突然從中衝出一個女人，大約中年四五十歲，大捲髮，大叫我的名字：「陳克華！」，我回頭一看，不像是認識的病人，她卻一副和我很熟的樣子，用手摸我的肩膀，而電梯還沒來，我又一時甩不開，只好裝作視而不見。電梯來了，我立刻衝進去，她也跟進來，在我身邊說：「你不

要走那麼快嘛……」

　　我一語不發，電梯開門立刻衝出去，她又抓我肩膀說：「你不要用跑的嘛……」我頭也不回小跑步穿過門診大樓的草皮，她也跟著在後面跑，我連搶了兩個紅燈跑向天母西路，雖沒有回頭看，但知道她還跟在後面。

　　我又接連跑過兩個紅綠燈，直奔莎諾餐廳，進入後急找友人，誰知道一回頭，她已經站在餐廳門口，幸好這時我已經看見林老師和 Annie 的那一桌，連忙奔去坐定，Annie 見我如此氣急敗壞，也立即明白發生什麼事，立刻站起來阻擋那個女人，表示我們正要開會，請她不要騷擾我們。她大概是看我們人數眾多，又有餐廳服務生在旁，才悻悻然離開。

　　之後 Annie 坐下來也是驚魂甫定，直說要寫院長信箱：「你們醫院在幹什麼？都不保護醫生……，剛剛那個女人要離開前的表情好可怕……」

　　而我才淡淡地說：這樣的門診驚魂，很多醫師都遇到過，又能如何呢？防不勝防呀…………

　　誰說：醫生不是這個時代的弱者、受害者。

2018 年 8 月 21 日

癌，殘暴的詩人—記一位修士的抗癌之路

　　初見李修士，就覺出他性格上一種異於一般神職人員的活潑，心態上的開放與柔軟。高大的身量，謙和的態度，和坦白率直的性情，才剛見面，便有如父兄一般可信任的溫暖感覺，油然而生。

　　而我們竟然是在傳統宗教排斥的所謂的「外道」場合上遇見的。

　　原來除了天主教修士身分，他竟也是所謂的「家族排列」師（family constellation）。而那時我自願做家族排列「個案」，想找出為何長久以來一直飽受困擾，無法維持長久伴侶關係的原因。

　　當大家團團圍坐好，正式開排之前，他總愛說上一段道理，是關於愛的。想想他說的也蠻有意思，而且又似乎是針對我而說。

　　「如果你以好幾個月的薪水，買了一隻美麗至極，價值不菲的水晶杯給你的另一半，你一定希望對方好好將它收藏，不然就是展示在客廳最顯眼的角落，好博得眾人的讚嘆。但是，如果你的另一半告訴你，他只想聽這水晶杯破碎時的清脆聲響呢？你會如何做呢？」

　　之後李修士每週自屏東上台北義務主持免費的「家族排列」，偶爾也在我家客房裡過夜。我也因此知道李修士自習「外道」的種類，還真不少，包括這幾年由西方風靡至亞洲的各種「類宗教」的修練方法，除前述的「家族排列」，還有靈氣（Riki）、神經語言學、催眠等，他都拿到了高階的證書，可見他在這上頭花費了不少時間精力，同時大約也有興趣與天分。

　　於是我自掏腰包邀請他來我任職的大學，上一堂醫學人文的通識課。他講授的 PowerPoint 裡，將中西醫做了一個「超級比一比」圖表，他認為東方醫學的長處在「養生」及「預防疾病」，而西方醫學則擅長於「衛生」及「殺生」──即以殺死細菌或癌細胞等來治病，是「殺生」的科學。他又有一個理論是：疾病來了要歡迎他，因為「生病」是人的「一生藍圖」中早已規劃好的，自有其深意。甚至生病本身也是「生命意義」的一部份。看他寫的文章，大多極力推崇氣功和所謂「能量療法」，強調人身體的自癒能力，對西醫不免有些排斥，認為現代人過度依賴西藥的結果，削弱了自身原有的抗病能力。

　　而他早年也就曾以「家族排列」及「神經語言學」的方法，在他擔任香港擁有一百餘位國、高中學生（而且全部住校）的中學「副校長」時，充分發揮，在全校只有兩位老師的艱難處境裡，居然得以輕鬆將學生管理得井井有條。而「靈氣」又讓他在當時（一九六、七○醫藥較缺乏的年代），得以「自力」處理好許多學生們的病痛。對行為偏差或來自破

碎家庭的學生，則以催眠方法輔導心理，據他說也頗見成效。總之他對他這一身本領，由於有豐富實際操作的驗證，是頗有幾分自信的。幾年前他由香港調至台灣南部，所負責的也還是青少年的收容輔導。

今年二月，我們在一次餐會時，他偶然提及在香港做的每年一次例行體檢，肝臟發現一顆不及一公分的小腫瘤，我職業本能地問：細胞是什麼型？做過肝穿刺及細胞切片了沒有？起碼良性惡性先大致有個譜。

這些他都無法回答，卻也微笑著露出一副並不以為意的樣子。「我知道我的腫瘤怎麼來的，首先我睡得太少了，平均每天大約才四小時，又不太做運動，」他信心滿滿地說：「我要先從改變我的生活作息著手，你知道嗎？自從知道得腫瘤至今一個半月，我每天早睡早起，運動跑步，體重已經增加了兩公斤，腫瘤也小了零點二公分。」

看著他那麼怡然自得的模樣，我也不好對他的「抗癌」計畫，再多說些什麼。畢竟**「疾病來了要歡迎他」**是他自己說的，他自認收到疾病帶給他的訊息，現正處於「歡迎他」的階段。

我所不知道的，他也正開始一連串身心靈的改造計畫。

時光很快半年過去了，這期間我在台北他在屏東，他北上的次數明顯減少了，再次接到他電話卻是他託一位女性友人打來，說他才又照了一次肝臟的核磁共振，能不能請我看一下片子。

我並非腸胃專科，立刻聯絡一位學有專精的學長，約好三

人在醫院見面，學長在看過他的片子，一陣寒暄之後，將他請
出辦公室，立即反鎖上門，一臉焦灼嚴穆地告訴我：李修士的
肝腫瘤已經大到擴展至橫膈膜、肺臟及肋膜，已無法動手術切
除，標靶藥物太貴，且此時使用也已太遲。而李修士的同教團
神父建議他吃靈芝，似乎是他所有希望之所繫，但學長卻舉他
自己病人的例子：「一顆靈芝不但現在已被炒成天價，而其治
癌效力卻還十分可疑！」他上一個病人吃了也是不到半年就走
了，統計起來，似乎並沒有比其他療法更有效。現在唯一可推
薦的治療是放射治療，但因腫瘤體積太大，照射後造成血崩或
大出血而走人的機會也大增。

「你要有心理準備，你朋友可能隨時會走⋯⋯」學長下了
結論，同時丟下一個「怎麼會拖到這個地步」的眼神。

我走出學長的辦公室，等在外頭的李修士仍不改他一貫平
靜的笑容，而我這才留意到他比起上回見面，瘦了整整一大圈，
怕有十公斤不止。原來他才剛斷食結束。在這未聯絡的六個月
間，他嘗試了家族排列，想解決他和家人之間不合的情緒問題
（當然，他以為這是造成他肝癌的主因）；也接受催眠，嘗試
和腫瘤對話（這也是他一開始抱持樂觀態度的主因），此外還
嘗試過「奇蹟課程」、「花精療法」，吃過各式各樣的花粉製
品，「靈氣」想必不在話下，最後則是斷食療法。這次會面正
是他斷食期的最後幾天，怪不得瘦得只剩皮包骨。

然而他又透露：不久前他同時也嘗試西醫的標靶藥物，但
因費用太高，他只吃半量，吃了兩星期就不得不停了。（而根

據學長的說法，這樣的吃法和完全沒吃是沒有差別的）──總之，這段時間他大致恪守了他對於「疾病」的歡迎理念和對另類醫療的全然信任，而且自始至終地「排斥」西醫。至於他和腫瘤「對話」的內容，和究竟此次生病腫瘤帶來何種「訊息」，甚至這半年來他對自己身心靈做了哪些的「調整」，我則無從得知。

面對睽違六個月的他，我可以感受他對疾病的「固有信念」遭受空前嚴厲的考驗，如今他不但骨瘦如柴，體力耗弱，且頂著一個充滿腹水的大肚子，和因爬滿腫瘤而呼吸困難的胸腔，連幾步路竟也感到吃力了。

「有位神父介紹我吃一種靈芝，他自己的癌症就是吃這個吃好的，下禮拜我就要飛香港和他碰面……而且，」他低著嗓子告訴我：「上次為我做催眠的那個人，告訴我他和我的腫瘤說話，腫瘤對他說它自己八十歲，這不就表示，我一定至少還可以活過八十不是嗎？今年我才剛過六十……」

分手前我仍可以感受到李修士的樂觀和自信。

兩個月過後，我從友人口中得知李修士在香港過世的消息，果然如學長所料，死於放射治療後的腫瘤大出血，得年六十二。而距離他發現肝臟長瘤，赫然不到一年。

在李修士離世的失落感中，朋友介紹我一本討論人類腫瘤歷史的醫學科普書《萬病之王》。書中詳述了人類如何在與狡猾凶殘的癌細胞的對戰過程中，一點一滴學習並了解腫瘤的行為，以及人類所有對癌症所抱持過的種種錯誤觀念與期望。在

人類所有可能罹患的疾病中，腫瘤不但致死率最高，同時發生率也正年年攀昇，眾病中就屬它最神祕、多樣、詭譎與頑強，對比一位腫瘤科的大學同學所下的結論最深得我心，他說：癌症是人類圖生存的**「必要之惡」**，因為人類進化需要基因突變，而癌細胞便是基因突變的「副產品」。在「種族整體的延續」這件事上，人類不能只是好處全拿，而無人承擔惡果。

　　仿照蘇珊·桑坦格在《疾病的隱喻》一書裡的口吻，如果結核病是浪漫溫柔的情人，愛滋是戮殺戰場上的戰士，而腫瘤癌細胞呢？則是生性殘暴卻又能自由揮灑的詩人，創意無限，下筆無從預測，所作所為完全獨創原創，無止境地歌頌死亡，而且，永遠「死」命必達。

秘密

　　門診時接到一位陌生男子打來的電話，頗為蒼老的聲音，很客氣地介紹完自己是一位中醫師（這裡姑且稱之 X 醫師）之後，表示拜讀過我日前發表在聯合報副刊的一篇關於中國古代中醫白內障手術的文章，覺得很有興趣，希望能邀請我去他的中醫課程班給個演講。

　　這倒新奇⋯⋯，我心想：雖然我是學西醫的，完全不懂中醫，但是能到中醫師的地盤裡見識見識，也是一個經驗。於是便一口答應了。

　　X 醫師的教室位於臺大公館附近的一棟舊大樓裡，上課學生頗多，助教也一字排開好幾個，但上課竟然只用白板，完全沒有投影機和升降屏幕這些現代教室的基本配備，讓習慣用筆電 PowerPoint 上課的我，頗感尷尬。我只好委託助手們幫我抬著筆電，以小螢幕代替大螢幕。

　　之後的某一天，我又接到這位 X 醫師的電話，他委婉地寒暄之後，才開口問我：「不知道你們西醫目前是怎麼治療糖尿病的？」

　　我約略地解釋了一下之後，告訴他我自己本身也是糖尿病患者，除了飲食、運動和口服藥物之外，我目前已經注射胰島

素多年。

他在電話裡再詳問了一些細節之後，沒有多說什麼，便掛了電話。但我的直覺是，X醫師有糖尿病。

時間又約莫過去了半年，一天我赫然在醫院信箱裏，收到X醫師的訃聞。

我當下的震驚不可言喻，因為印象中的他雖然身材纖瘦，但精神矍鑠，腰樑挺直，毫無病容，而且他還不到七十歲。

我依時前往他的告別式，乖乖，我才明白我真的低估了X醫師了。我原想鞠個躬致意一下就走，沒想到殯儀館裡人山人海，花圈堆滿現場直排到了大馬路上，前來弔唁的機關團體一個接一個，最後連總統、副總統竟也來了。老實說，這是我所參加過排場最盛大的告別式了。

「X醫師是何方神聖，何德何能，能有這麼多達官顯要、三教九流前來致意？」我納罕。

我匆匆離開了告別儀式，因為在外頭枯等了許久，沒有人前來招呼，也插不進致哀的龐大隊伍。

匆匆好幾個月過去，又接到一通陌生人的電話，竟是X醫師的夫人。她說X醫師生前有交待，要將一本我曾在演講中提及的中醫典籍《龍木論》交給我。

我才有機會詳問X醫師的死因。

「就是因為糖尿病的併發症呀……」，X夫人直爽地說：「而且還是在你們醫院走的，才住進去沒有幾天……」

　　我掛了電話，隱約明白了一些 X 醫師當初難以啟齒的事情。

　　以他的身分地位，是否「真的不方便」看西醫？

　　幾天後我收到了他那本珍貴的《龍木論》影印本，裡面赫然夾著 X 醫師手抄的一張心經。

　　願他此刻已在彼岸安息。

2019 年 2 月 5 日

在醫院的咖啡廳

醫院的午餐時間總是到處人潮擁擠。

通常我會躲到位於醫院大廳一角的 café 用餐，只為人少圖個清靜，還有整片大落地窗可以眺望室外風景。

雖然所有食物都比其他地方貴上兩至三倍，而且還是微波食品。

點好餐坐下來不久，我的隔桌來了看似大大小小的一家人，其中看上去年紀最年長的身穿藍色病人服，手戴病人手環，被一家人環繞。

一家人開心聊天，病人看上去精神也不錯，想必是吃膩了醫院伙食，趁家人團聚，就從病房跑出來打牙祭。

可是還沒來得及點餐，就有餐廳小弟匆忙跑來說：住院病人不可以在醫院的餐廳用餐。

一家人愕然中只得悻悻離開。

我低頭喝了幾口咖啡，再抬頭，隔桌換成一對中年男女在談事情。

一位顯然是保險業務，正拿著紙筆比劃，在向另一位說明保險的內容。另一位表情陷入沈思。

由於距離太近，我不聽也都聽見了，都是些有關醫療保險

41

的內容：住院如何如何給付，開刀又如何如何給付。

我低頭又喝了幾口咖啡，再抬頭，隔壁不知何時又換了一群人。

幾位中年男女圍坐，咖啡也上了，但大部分時間都是靜默的。

憑著多年醫生生涯所培養的直覺，我知道他們在做一個需要所有家人共同同意的決定。

要不要插管或拔管，要不要急救或放棄急救，要不要開刀或者轉院，要不要器官或遺體捐贈——

這些平常人們不想面對的問題，即使一個人事前都想好了，白紙黑字也簽下了，緊要關頭都還有可能變卦，更何況是要周圍一群人都同意，並且同意到底？

此時用餐時間已過，餐廳裡人潮逐漸退去，café 恢復了平時的安靜，用餐的人們已經離開，換上的是一批藥廠儀器商的業務們，他們衣冠楚楚，抱著筆電公事包，無聲無息地各據一隅，看來短時間之內，也不會離開。

而我隔桌的這一群人依然坐在那裡。

「希望此刻的安靜，有助於你們做出最終的決定……」

我離開 café 時，心裡這樣想。

2019 年 9 月 27 日

大投訴時代

那天經過醫院的盲人按摩站，平常總是笑臉迎人的，負責招呼這個按摩站的志工阿姨，竟然一臉忿忿地向我抱怨：我們不過是按摩而已，竟然也會被病人投訴……

一個癌末病人向院方投訴每次來讓他等太久。

「果然他等不及了，現在已經上天堂了……」她一臉驟增的皺紋。

「另一個還投訴到衛生署，衛生署耶，我們不過在做按摩……」她幾乎要哭出來：「一個出家人，說什麼我們這個角落冷氣太冷，讓她按摩後感冒……」

而這荒謬的投訴結果更令人感到荒謬，醫院長官居然要帶她去向病人親自當面道歉，讓她情何以堪。

難道這已經是個惡人會告狀，惡人先告狀，告狀的人永遠贏的時代？——我想。

但是如果，萬一，萬一，僅僅只是萬一，贏的人只是比較「會作文」而已？

想起一週前去附近藥局，在藥局工作的朋友也向我抱怨，他不過是按藥單發藥，居然也被投訴。

「你們也經常碰到吧？」他一臉痛苦。

我想起醫院有個永遠疲於應付的天天被塞爆的院長信箱。

投訴什麼？從醫師到護理人員到技術員，甚至工友。

可以是每個人。

理由可以天馬行空到八點檔連續劇。

醫生態度不佳，出言不遜，解釋不清，「這什麼爛醫生？」（罵人就不需要被檢討？）

為什麼又是開這個藥給我？

為什麼說我這個病已經不能治療不需治療？我這麼遠跑來？我一大早就來了知不知道？

為什麼說我女兒有公主病？她本來就是公主何來公主病？

為什麼看我之前沒洗手？

為什麼幫我打針注射還和旁邊護士說說笑笑？

為什麼才看我一眼就知道我什麼病？

為什麼說我體重太重？說我最近有變胖？我哪有變胖？

我說我要這樣治療，為什麼醫生不這樣照著做？

為什麼說我沒病？我明明病得這麼重？這麼明顯？

為什麼醫生開的藥我越吃越嚴重？

為什麼動不動就要我開刀？

為什麼我的問題醫生都不回答？他怎麼可以不回答？他以為他是誰？

接下來是護理師。

護士態度不佳，出言不遜，解釋不清，燈號不動，後來的

44

為什麼先看，為什麼叫我等這麼久。

醫院為什麼冷氣這麼強害我感冒？

為什麼檢查室門口不擺多些椅子讓我一直站？

為什麼檢查室門口都沒有標示？

為什麼批價繳費這麼慢沒有電腦化？

為什麼醫生可以臨時請假？

為什麼我在診間滑倒沒有人扶我？

還有更莫名其妙卻高度人格傷害性的指控：醫生為什麼偷摸我？（在忙得像打仗的菜市場似的門診對一個長得如此抱歉的歐巴桑？）醫生怎麼可以在臉書貼文？（那為什麼你就可以？）醫生門診為什麼可以遲到？（你這輩子從沒遲到過？）

拜教育普及之賜，**人人都學會了寫作文**，下筆如何文情並茂，情節可以曲折離奇，動人處可以聲淚俱下，又如何感人至深——同時拜網路發達之賜，人人都可以四處投訴，指證歷歷，食指永遠指著別人鼻尖：**你錯，你錯，就是你的錯。**

一個逐漸成形的「無慚」的世代，每個人心中處處設定著「應該」的閥，而「任意」的「投訴」（包括留言）真的有使我們的社會更美好，制度更健全，人心更祥和，生活更幸福？沒有。

但肯定的，在職場上日積月累，每個投訴都在當事人心上留下一道傷口，結出一道疤。有朝一日，這些疤痕終會造就「鐵石心腸」——人人為己，人人護己，人人事不關己，醫業倫理終將被商業邏輯徹底取代——

　　診間裡真的可以「大家按照合約辦事」嗎？

　　繼續投訴，那可預見的將來，這個「大投訴時代」裡，看病就將會是百分之百按照合約辦事。

2019 年 2 月 2 日

死亡前的盛妝

徐先生是我十幾年廿年的老榮民病人。

隨著時間過去，榮民逐日凋零，徐先生算是十數年來持續出現在我門診中，至今碩果僅存的幾位榮民老伯伯之一。

翻看他的病歷資料，他今年已經九十四了。實際年齡應該還不止。那時候民國 38 年過海來臺灣的「外省兵」，大都因為各種不同的原因，更改了年紀或姓名，而且通常年齡是改小。

從十幾年前開始來配老花眼鏡，到來開白內障，到來看乾眼症，到現在每三個月來拔拔倒睫毛，開開眼藥水——看病於他儼然已成為一個習慣。

除了拜健保看病方便之賜，大約他也是一個平日勤於保養的人，九十好幾的徐先生依然耳聰目明，談笑風生。

只是人究竟要老——近幾年他明顯地行動變遲緩了。

身為他的眼科醫生，我一直以為徐先生就是一位逐漸老去的榮民，並無絲毫特殊之處，想來想去只有一點：那就是他十幾年來，自始至終一個人來看病，從來不麻煩他的子女帶。

今天他又出現在我的門診。

他依舊一頭剃得極短的白髮，白得沒有一絲雜色，拄著枴杖，微駝著背，一身全套三件頭式的黑西裝，燙得筆挺，裡頭

白襯衫，胸前露出一方紫色花紋絲質領巾。足登尖頭黑皮鞋，擦得油光水亮。

在灰壓壓的一大群病人背景裡，十分顯眼。

拔完睫毛，聊過幾句，我一邊把電腦病歷做好，忍不住讚美他今天的穿著：「唉喲北杯，你今天怎麼穿得這麼帥啊……」

誰知道他竟然回了一句：「來日無多，就要走了，當然要穿得漂亮體面一點……」

我不禁為之一愣。

這就是所謂的「預知時至」嗎？

根據歷史上記載，能預先「知時至」的人物並不少，大多極有修為，例子有諸多禪師、大和尚和水滸裡的魯智深等，華人以外則有宗教大師如釋迦牟尼，到十八世紀靈學大家伊曼紐・史威登堡——莫非，這位徐先生也是位有修行的人物？

還是他不過因為近日氣溫下降，為了把久藏的好看厚衣服穿上，隨口編個理由而已？

說完，徐先生拄著柺杖，艱難地站起來，要到門外等候藥單、計價單和預約單。短短從座位到門口幾公尺的距離，他走了好一陣子，又碰撞了桌椅。

他真的老了。

當我從電腦裡印出三個月之後的預約單時，突然發覺自己眼角溼濡，心頭酸楚。

希望他這句「就要走了」只是無心之言，不致一語成讖。

「這是下次看診的預約單，三個月後再來……」當護理師

把單據交給徐先生時,我不禁暗自說:

一定要再來喔!

2019 年 11 月 5 日

要吃幾顆才能睡？

　　近日藝人羅霈穎的猝死引發了討論。在我多年眼科行醫經驗中，發現罹患乾眼的病人當中頗有一部分，同時也服用了精神藥物。但這「精神藥物」只是個統稱，內容十分廣泛，從安眠助眠到抗焦慮憂鬱，從專治思覺失調到情緒障礙。

　　林林總總可謂琳瑯滿目，不一而足。

　　而關於「精神藥物」，我還有一段類似懸疑推理小說的經歷。

　　多年前我參加過一次心靈療癒課。課堂上有一位女「同學」，年齡相近，伶牙俐齒，課堂上舉一反三，思慮敏捷，引起我注意。聊過之後才知道她曾經在我所任教的大學教書，只是不同系所。多年前她寫過一本社會學的專書十分受學生歡迎，幾乎成為校園教科書。

　　但我注意到她有些異於常人之處——說話快，有時重複，同時情緒起伏大，時不時露出懷疑的表情，尤其談到她「被離開」校園的那一段往事，還咬牙切齒。我猜因為當初她是被校方以她「不肯透露」的「某個原因」停職，而學校裡令她「情緒激動」的「某些人」，我竟也認識。

　　「我還住過你們醫院的精神科重症病房…」她毫不掩飾，

說的就是完全與外隔離的那種精神病房。

　　我驚訝之餘，她這些頗不尋常的過往，激起了我更進一步了解她的興趣。

　　原以為她的這一連串的「不幸」，不過是學校同事之間的權力鬥爭，人事傾軋，很一般的八點檔劇情。但以「精神失常」之類的理由被大學開除教職，還是比較少見。豈料後來從她口中展演出來的故事，竟然遠超過一部懸疑電影的情節容量，直逼長篇連載。

　　「你知道現在政府表面上為了要讓台灣的生技產業升級，竟和國際藥廠合謀，要讓臺灣變成全世界最大的精神藥物試驗場，這件事你有聽說嗎？」她表情嚴肅，一字一句：「你們其實都已經成為白老鼠了而不自知……」

　　我想起一位長期為失眠所苦的朋友，有一回秀給我看他吃的藥，數一數竟然有五種之多。

　　「吃那麼多，都是醫生開的嗎？」我擔心他自己亂買亂吃。

　　「當然！」他瞪大了雙眼。

　　「有需要吃到五種？」

　　「一開始不需要，後來醫生愈開愈多，我也就愈吃愈多…」

　　現在的他是少一樣都不行，非吃到五種不能成眠。

　　有活生生這位朋友的例子，令我對她所說的半信半疑，並不能立即全盤否定。

　　接下來幾堂課，她說得繪聲繪影，當年她身為國內某醫學會理事長（後來我私下打聽，她真的曾經是），為了阻擋某些

藥廠的精神藥物登陸臺灣，和學校同系所幾位老師槓上（據她說這些人已被藥廠收買），於是她飽受黑函攻擊，驚動校方，終於被迫離開學校，失去所有教職和頭銜。更離譜的是藥廠僱人繼續日夜跟蹤她，並監看偷聽她所有信件伊媚兒和手機電話，使她夜不成眠，終至精神崩潰。

我在這一連幾次上課的私下交談中，望著她智慧又滄桑，樂天又絕望的表情，有時看似「正義凜然」，有時又「隱隱不太對勁」的臉，對於她言之鑿鑿的聽來頗為驚聳的這段「親身經歷」，幾度陷入信與不信的掙扎。

心靈課程結束後我和她再少有聯繫，每隔一段時日回想，卻又覺得她的這些情節完全符合「被迫害妄想症」的診斷標準。而「政府與藥廠合謀讓台灣人成為精神藥物試驗的白老鼠」便也就是她「妄想」內容之一吧？

當我幾乎就要忘掉這位才華洋溢卻命運坎坷的「勇敢女學者」時，一日醫院同辦公室的同事，表情意味深長地遞了一封信給我，我接過一看，是一封影印且無署名的「公開信」——通俗一點說，也就是所謂「黑函」——信裡所說的內容，幾乎和她所言毫無二致——信中警告並提醒醫師們，台灣政府正與某些國際藥廠陰謀合作，刻意對某些新開發的精神藥物的人體試驗審查放水，使得台灣淪為某些藥效還未被歐美核可的精神藥物的「首發」之地，藥廠賣藥獲利，政府則藉以換取某些西方生物科技的技術轉移。同時附帶的利益是，這些具「安神」作用的新藥一旦灑入人民日常用藥處方，豈不是也製造一批批

聽話、溫馴，沒有情緒、不吵不鬧的「順民」？一箭雙雕，何樂不為？

由於在醫業多年，時不時會收到有關醫業或同儕的「黑色信件」，內容儘管大多無稽，但有些也並非全是空穴來風，我一邊讀信一邊腦袋不斷浮出好萊塢電影的畫面，有偵探推理，有心理驚悚，也有科幻奇幻。

時代進展到今天，有多少人漫漫長夜，羅衾不耐五更寒，輾轉難眠的痛苦如何承受？這時如果有各式各樣最先進的助眠藥物在手，誰能有大智慧勇氣不一口吞下？是人類整體的意識再也回不去原初健康、原始、自然、純真，「天行健，君子以自強不息」的狀態了…？

「天時已亂，而人類再也無法憑一己之力，撥亂反正……」

因此我創作了一首長詩「失眠者」，並繪製成漫畫繪本出版。

而我，之後再也沒有見到過這位女老師。

我問了幾位心靈課的工作人員，助教和授課老師，赫然沒有人記得這位學員。

她，這個人果真存在？還是我幻想的人物？還有這個「台灣政府和國際藥廠之間的大陰謀」？

這一段科幻驚悚小說般的經歷，我並不冀望得到一個真正的答案，無論將來要吞幾顆藥才能安然入睡，人類的精神狀態，真的離「自然」愈來愈遠了，不是嗎？

2019 年 8 月 28 日

天堂之路

六年前的七月某日，父親被緊急送進花蓮慈濟加護病房，肺部灌了水，胃有破口，食物進入了腹腔。第一次見到父親的主治醫師，就直說餘命不過三天。

用了一點關係，我得以長時間陪在病床旁，看著父親渾身插滿了管子，無能為力。

早晚兩次探病時間，有「長生學」的花蓮分會會長來為父親灌氣。而除此之外，我能做的就是不斷地簽名。不開刀剖腹，要急救。這個那個健保不給付，需自費。

我知道父親是痛苦的，但我無法放任他這麼走，我就是無法。

我在加護病房裡從早待到晚，九點半走出醫院，銀白路燈無情地照著醫院無個性的建築群，柏油路面一片漆黑，有如鬼域。

有朋友 Line 我警告：「你不能這樣整天一直待在加護病房。」

我於是決定每天下午三點出去散步半個小時。

雖是花蓮人，但這一區地緣上完全不熟，出了醫院大門，不知該往東南西北哪個方向走。只能憑藉著本能，希望找個少

人的地方走走逛逛，透一口氣。

於是頂著七月溽暑的午後陽光，我一路走至花蓮縣立體育場，大約十五分鐘的路程。

一路就只有市區邊緣的商家小店，住宅門庭，風景不殊。

在靠近體育場處有一棟看似廢棄的小木屋，屋旁水泥地上死了一隻貓，半掩在高聳的雜草叢中。

我每天經過，半強迫自己多看那具貓屍幾眼。可以依稀看出是一隻白貓。

先是腹部微微脹起，之後鼓得老大，之後迅速塌扁下去，之後明顯乾燥，縮小，一天天縮小。

我在空無一人的體育場四下遊走，大理石碎片拼出的地板光可鑑人，沒停幾輛車的停車場只有野狗出沒，而且所有廁所都上了鎖——心想平常可能人多些，但那時正逢暑假。

辦公大樓的地下層樓闢了半邊水池，此時開了幾朵蓮花。我經常坐在池邊小憩，感覺這地球上的所有人類整個消失了。

即使只消失片刻都好。心想。

有位中年黑面的管理員偶而會遠遠出現，又隨即隱沒。但仍可感受到他打量的灼灼眼神。

誰會在這個時候出現在這裡？不要是什麼無聊或犯罪的人物——

直到一天，我發現貓屍竟然整個不見了。

我還特意趨近仔細察看了屍體原來的位置，周圍環境。

根本沒有人會出現在這裡，但它就是不見了。水泥地板恢

復了原先的乾淨，完全看不出這裡原本躺著一具貓的屍體。

而此後不久，我也就不用再守在加護病房了。

但之後很久很久，我怪異地卻始終記得這條路，一景一物，那路樹那陽光，人行道上碎散的垃圾，歷歷在目。

我不解。這樣尋常的花蓮市郊的一條路呵——

除非，那時，**是有父親陪我一同走的**。

我只能這樣解釋。

我希望，我相信，那時候是。

2021 年 9 月 12 日

一袋咖啡豆

　　我的病人當中，李老先生不是惟一一個在看病時，會帶給我咖啡豆的。

　　但我特別記得他，是因為他的豆子特別香。

　　四年前我為他開過一眼白內障，視力恢復得不錯，他整個人也似乎變得精神許多，便在門診閒聊時告訴我，他們家原本是做進口咖啡豆生意的。在他回診時誇了他的豆子幾句，之後，他每次回診便都帶了豆子來，再怎麼推辭婉拒都沒用。

　　之後遇上疫情，由於來得突然，他消失了好一陣子。

　　昨天門診快結束時，赫然看到他的臉孔又出現在診間門口「你好久沒來了？」我問。

　　「有嗎？」他否認：「我不是三個月前才來過？」

　　我再查了一下電腦病歷，確認他上次看診是近一年前。

　　「是因為疫情的關係沒有來？——」我問。

　　「沒有沒有，我才不怕病毒呢！」

　　經過檢查，他的雙眼視力經矯正後，都接近一點零，只是眼鏡太舊了，度數已經不對，因此建議他重配眼鏡。

　　寫好眼鏡處方交給他，他表情似乎有點茫然，「這眼鏡是要到哪裡配？你們醫院沒有在配嗎？」

「在你們家附近的任何眼鏡行就可以。」

「我家附近我不知道耶……」

「那在醫院附近的也可以……」

於是我和門診護理師兩人開始用盡各種方法，告訴他如何走去就在醫院大門外不過一百公尺遠的眼鏡行。而我這才發覺他完全無法理解方向和距離，無論怎麼費盡唇舌，他都無法理解，而且隨說隨忘，重複的問題一直問。

我才警覺李老先生是否已經失智。

終於他收下了眼鏡處方、健保卡以及藥單，起身正要出去，又回頭問：「是先下樓繳費再拿藥嗎？今天就可以直接拿到藥嗎？」

至此我完全可以確定他大腦已經退化，連這他再熟悉不過的看病流程也都忘了。

回家後我仍然忘不了這一幕，突然就想起他送來的咖啡豆——他步履蹣跚，東忘西忘，說什麼都理解不了，但為什麼記得帶給我一袋咖啡豆？

人類構造複雜的大腦會退化失靈，但物質肉體之外靈魂的神秘，卻在某些意想不到的事物上彰顯神奇。

我望著這袋咖啡豆，陷入了沈思。

2021 年 9 月 8 日

Chapter 2

疫情之後

嘔吐

　　用過晚餐搭地鐵回家，窗外華燈初上，車內人並不算多。乘客上上下下，不知何時，我身邊坐著一位六旬長者。

　　頭戴貝雷帽，長臉，方格子呢夾克，襯衫，黑框眼鏡，皮鞋。是一位穿著頗為體面的氣質大伯。

　　才過兩站，身邊的他突然身子一陣抽搐，喉嚨裡咕噥一聲，便「哇」地吐了一地。

　　完全像水龍頭全開時的水花洩地，那嘩啦一聲液體擊在地上的脆響，結結實實，感覺還水花四濺，而且是濺得高高的。

　　我本能身體一縮，地上一大灘酸辣湯似的糊狀物，正洪水泛濫著向我的鞋子撲來。我不禁雙腳低空拉起。

　　而這位大伯立刻掏出了手紙掩住口鼻，試圖按捺住下一股嘔吐。

　　我也立即反射式地伸手拍拍他的背脊，想緩一緩他的嘔意。

　　但他不知是吃了什麼，緊接著又「哇」地一聲，吐出更多。

　　真的是嘩啦啦地，好大的聲響。

　　我往下一看，乖乖，簡直可以分明唸出他今晚的菜單，切丁的豆干、成縷的菜葉、絲絲蛋花、壓扁的獅子頭似的糊糊肉

團、灰色的麵皮。不知為什麼愈看，我也愈有嘔意。

但這位大伯似乎完全沒有要停止嘔吐的意思，我接著幾乎是站了起來，狂拍他聳起的肩膀，一面踮起腳尖避開那如蛇軀般四處流竄的嘔吐物——而他只是連續不斷地一直哇哇哇一直吐……

「到底今晚他是吃了多少？」我一邊安撫他一邊不禁起疑。

地面上的畫面愈發精采了，陸續出現了小魚、水果、果凍狀的不明物、黃綠色的膽汁……等等等。

我按了車廂的緊急對話鈴，地鐵人員兩站之後出現在門口，手中執著一隻拖把。

這時周圍的乘客也善意地陸續遞過來紙巾手帕——他們見有我擋在前面，倒是都十分樂意做個美美的乾淨的後備部隊，貢獻他們包包裡噴香潔白的手紙。

此時我低頭一看，我的鞋底已被他的嘔吐物形成的溪流包圍，淹沒，無處可退……

而鬼使神差地，我們竟然在同一站下車。

「到榮總急診看一下吧？就在前面，」我扶著他，見他面如白紙，氣若游絲，但已經止住了吐。

他困難地點點頭，堅持不要我扶。

我目送他上了計程車，才獨自離開。

也這才發現，身邊有不少方才遞紙巾給我的人，正以嘉許欽羨的眼光看著我。

「這不是每個人應該做的事嗎？……」我聽見自己內心英

雄似的聲音在說。

　　這一點也不算什麼……。

　　但那晚我還是甜甜地，極為罕見地早早進入了夢鄉。

病毒時期之鼠

　　自從我辦公大樓隔鄰的新門診大樓完工後，原先的鼠患似乎平息了一陣子。

　　可以理解，原來棲息在那片荒地裡的生物，因為工地整地而受侵擾，有些便移居到我辦公室這棟大樓的天花板上。

　　因此鼠患猖獗了一陣子。

　　之後又平息下去。

　　主要是大家都想盡各種法子捕鼠，又約好都不帶食物進辦公室。

　　有半年一年，倒是未聞有老鼠現跡。

　　但我的辦公桌自半年前起，抽屜裡經常無緣無故出現一些碎紙片。

　　依過去被老鼠侵擾的經驗，可以判定是老鼠又回來了。

　　科裡祕書向總務室專門負責除鼠的先生反應，得到的答案是：鼠患很難除盡。

　　隔天地板上就出現兩片捕鼠板。整整齊齊並置，大剌剌擺在書櫃邊的地板上，日光燈下閃閃發亮，我看了不禁好笑：老鼠走的是這樣光明正大的路？

　　果然兩個禮拜過去，毫無動靜。

　　接著三月新冠病毒疫情擴散，我在醫院看完門診便盡可能早早回家待著，在辦公室裡的時間漸漸少了。

　　有一天不得已處理急件公文，過了黃昏，從電腦前一抬頭，竟瞥見一旁一片黏鼠板上不知何時，赫然躺著一隻老鼠。

　　不大，嘴邊觸鬚還在蠕動，但已大小便失禁，糞便解滿了整個黏鼠片。我觸電似地從座位上跳起來，立即衝出去叫人——不知為何我發覺當時的我有些異樣地驚惶和興奮。事後回想不免稱奇，因為又不是第一次辦公室黏到老鼠。

　　不一會兒，護理長和幾位護士，還有秘書和工讀生都衝進來看老鼠，大家嘰嘰呱呱，七嘴八舌，有人更拿出他辦公室的文件匣證明他也是苦主：你看，我這也是老鼠咬的！

　　「有誰來幫我把這移走⋯」我只覺噁心，苦苦哀求。

　　有人自告奮勇，拿紙袋來裝，又問我：「會不會唸往生咒？」

　　「我只會心經。」

　　「沒有關係，唸一下超渡牠吧！」

　　我飛快唸完一遍。

　　揭諦揭諦，波羅揭諦，波羅僧揭諦，菩提薩婆訶。——

　　因為已過下班時間，老鼠連板子先被放進一只大手提紙袋裡，上面覆蓋一張報紙，就擱在會議室一角，等明早工友來丟。

　　之後不時有人經過，聽見議論，便蹲下來掀開報紙朝裡頭張望，有人膽小便在一旁嚷嚷，頓腳，或銳聲尖叫，興奮激動異常。

　　我想起以往，辦公室捉到老鼠似乎無法引起如此騷動。

再想，便覺得這和疫情有關。

這幾十天大家天天戴著口罩瘋狂洗手，各種疫情新聞廿四小時輪番轟炸，防疫會議天天開，每個人神經長期繃緊，這時發生這樣一個捕鼠事件，無疑給大家帶來一個放鬆的機會。

然而再往深層想，似乎事情也並不這麼單純，簡單。

如果歷史的記憶能進入基因，那麼其實人類一定還記得幾百年前中世紀，感染了上千萬人的鼠疫。顧名思義，鼠疫和老鼠有關，但鼠疫桿菌的傳播靠的並非老鼠，而是老鼠身上的跳蚤。細菌的生存傳播策略有二，一是大量繁殖阻塞跳蚤的消化系統，使得跳蚤無法進食吸收，再因飢餓而瘋狂嚙咬，使得鼠疫桿菌得以迅速傳播。此為跳蚤傳人。

二為人得到鼠疫後，細菌由血流進入肺形成肺炎，再由痰和飛沫傳染人。此為人傳人。

而神秘的是，鼠疫在奪走人類上千萬條生命之後，卻無法解釋地突然停止了流行。至今雖然鼠疫桿菌未全部消失，但未曾再大規模流行過。

「也許，這才是大家為了捕獲一隻老鼠而雀躍不已的真正原因吧……？」

我想。

在人類面對新冠病毒節節敗退之際，捕獲一隻老鼠，竟可以算是一個不小的振奮人心的勝利?!

2020 年 4 月 5 日

嫌惡

　　大約是四月中，台灣疫情已有連續幾天零確診，感覺好像疫情稍緩了，而此時手機裏出現朋友送來的訊息，是陽明山某個以溫泉為號召的高檔飯店的折扣廣告。

　　「專門為感謝醫護人員的辛勞喔！」朋友鼓勵我去。

　　而我實在也是因為成天戴著口罩看病，身體早有長期缺氧的倦怠感，往往下班後一身痠痛，回家整個人一癱就立刻陷入昏睡──心想趁著打折，上山泡泡溫泉舒緩一下也好，便邀了好友一同前往。

　　在春寒料峭的微雨黃昏中，我們驅車上到了這家座落山腰上的「中 X 麗 X」飯店，從停車的路邊隔著靛藍的游泳池水看去，昏黃的燈光正暖暖亮著。

　　「先用餐還是先泡澡？」櫃檯人員確認了我遞出的醫生身分證件，露出了微笑。

　　由於我們都餓了，決定先吃晚餐。

　　中餐廳頗為寬敞，數十張四人方桌，老式紅木桌椅，卻只有一位七旬老者獨坐一桌。

　　侍者將我們帶至靠近落地窗旁的一桌，正好隔鄰就是那位老者。

　　我們坐定，朋友便說要上洗手間，留我一人研究菜單。

　　而此刻我的眼角餘光卻不斷瞥見這位老者向我投來的，毫不掩飾的嫌惡眼光。

　　「這裡太熱了……」我聽見他對著侍者大聲吼道。

　　「太熱了！」

　　說著站起身來，打開了窗，不但打開了面向他那一桌的窗，也走過來打開我這一桌的窗。

　　頓時山上夜晚的寒風灌入室內，我桌上疊成圓形的方形紙巾，立刻一群白蝴蝶般飛了起來，一張張在空中劃出一道弧線，落在或遠或近的地板上。

　　而我不但頭髮被吹亂，還不禁打了幾個寒噤。

　　「而且人太多了，」那位老者以鄙夷的口氣又大聲叫來了侍者：「這裡實在太熱了……」

　　他換了桌子。

　　遠遠地離開我這一桌。

　　而我環顧四周，偌大的餐廳，冷冷清清地，只有我們兩桌。

　　然後侍者端上了菜，他點的赫然是頗肥大的一條清蒸魚，滿滿躺在一個大盤子上。而他就一人對著那盤大魚埋頭猛吃起來。

　　不知道為什麼，那吃魚的姿勢讓我有一種獸的感覺。

　　此時朋友上完洗手間回來，看我身陷寒風之中，身邊散落著一群兀自翻動的白蝴蝶，不知情地抱怨：「誰打開了這窗戶？這麼冷，窗還開這麼大……」

　　他立刻上前用力關上了窗，然後大刺刺坐下來點餐。

　　我只是微笑著沈默不語。

　　如果世上真有天意──我想，病毒也許是上天的一隻手，一個手勢，想提醒人類某些事情，微小但極為重要的事。

　　譬如，要開別人的窗戶，是否應該先問過人家，先徵得別人同意？

2020 年 5 月 1 日

一個人的午夜場

一片黑中，銀幕出現向上捲動的片尾字幕、演員表、工作人員名單，我迫不及待拎起包包走出去。

這該死的午夜場，赫然只有兩位觀眾。

我和另一個人隔得遠遠的。

只眼角餘光可以瞥見身後一張半掩的小小的臉。

看不出有任何表情。

是人？真的是人？

我急碎步走在狹長甬道上，一手推開沉甸甸的隔音門，直接左轉走向廁所。

訝於自己不是這家劇院的常客，居然也熟門熟路。

不知道時間，應是過了子時，整個廁所偌大地被 LED 燈管無情地照亮，影子特別顯黑。沒有人。

我也不知哪來的膽子，就大剌剌掏出尿了。

心頭閃過一道陰影：聽說電影院的廁所特別容易鬧鬼？

剛才進來時，整棟大樓都暗了，一樓鐵門拉下，只留單獨一扇玻璃門洞開，燈光昏黃，走進去電梯直上四樓售票窗口。

一百分鐘過去，我從八樓下到四樓，幾道電扶梯都還兀自隆隆轉著，上上下下，沒有人。

四樓售票櫃檯，霓虹燈光五顏六色閃著，沒有人。

一路電影海報燈箱一面又一面，大大亮著，沒有人。

我腳踩深紅地毯，強勁冷氣從四面八方襲來，面對這人去樓空，視覺上只覺得熟悉——原來庫柏力克的《鬼店》（*The Shining*）裡的場景，正是這樣。

我立刻又熟門熟路找到下樓電梯，門一下無聲開了，將我吞了進去。

頓時我被這劇院所豢養的夜整個淹沒，像是困在濃稠的胃液裡——《鬼店》裡電梯門一開沖出洪水般的血液——但只消數秒，幻象消失，電梯又將我完好無損地吐回在大街上。

招不到任何計程車，我決定走路回家。

應該是走過幾回的熟悉巷弄，此時卻完全變了樣。

一切只能歸諸路燈的效果。

無情青白的燈光，將所及之處抹上一層陰慘的綠，失真至所有的建築看來像佈景。

遠處似乎隱約一個蠕動人形在做回收。

我左彎右拐，幾乎迷路了好幾回。

好不容易找到一條大路，但走一下又不確定起來。

此時遠遠身後傳來一輛摩托車的聲音。

一位一身黑的騎士正在送外賣。——都這時候了，我幾乎叫出聲來：這三更半夜還有人肚子餓，而居然也還有人在煮。

也居然有人在送。

騎士緩緩在我前方約十公尺處停了下來，又繞了個圈，從

口袋掏出手機看了看，又抬頭四望，顯然在對地址。

　　然後我看到他從身後一個箱子裡提出一袋食物，我幾乎百分之百可以確定，那是滾燙溫熱的。

　　即使隔這麼遠，我也並不餓。但我立刻全身溫暖了起來。

2020 年 12 月 15 日

Chapter 3

詩生活

詩之傷

　　前幾天一時興起將一些黑膠唱片搬上書架頂層，在下梯子時竟一腳踩空，人朝後仰，便一屁股跌坐在地板上。當時只覺得足踝扭了一下，但因為還穿著厚厚的運動襪，也並不覺得太痛。之後便又忙別的事情去了。

　　直到當晚洗澡時熱水一沖，覺得臀部右邊近臀溝下方，有一絲裂痛，但也僅只是一瞬間。

　　洗完澡在廚房忙時，察覺那片痛處和衣物接觸時有種異樣感。

　　手一摸，才發現那痛處肉腫起一塊。回到浴室，發現馬桶蓋邊緣血跡斑斑，原來那片痛處出血了。

　　但站在鏡子前，擺盡各種姿勢就是看不到，只有用手觸碰才分明覺得。

　　我一面觸摸一面揣摩這道傷口，它的大小形狀，深度——發現這有點像在寫詩。

　　粗糙堅硬的人世，在詩人的心上造出了傷口，但肉眼看不到，只能以觸摸的方式具體成形它。

　　而觸摸傷口本身卻是一種疼痛，或者，有人以為那是一種樂趣、快樂。

　　當我寫著詩，分明覺得了那道傷口的存在，而我為什麼這麼在意非要成形它？

　　幾天之後，那一道傷口化為一片隱隱的疼痛，覆蓋了右側腰、腰椎，以及大腿後上方。

　　外觀上無異，惟有自己能感受到。

　　這，也像詩。

　　我繼續寫詩，像這道抽象的傷口，繼續他在我身體裡的演化。

　　我知道他永遠不會消失。

舔屏時代

地鐵上正面對著我的，是一位看似已經退休的七旬老者。

衣著考究，髮鬢齊整，一臉知識份子的文氣，行車顛簸間仍嚴穆地緊盯著他手機，彷彿正在閱讀一本經典，內容深奧的好書，或一篇精采的論文。我兀自猜測。

下車時忍不住好奇瞄了一眼，結果發現他看的是電遊。

而且是自智慧手機問世以來，就存在的那種最原始版本的遊戲。

一位從未見過面的新加坡臉友，網上聊過，坦承是和女人結婚的同志，從十年前起就每天在臉書上貼他的三餐食物，偶而畫面一角露出他的臉（而且只有他的，從未出現過其他人）。照片從來沒有任何角度光線或美感的要求，食物看得出來絕大多數是高級餐廳的水準——他的用意十分明顯，只有一個：**單純的炫耀**。

如今十年了，至今他的攝影技術沒有絲毫更進一步，而食物永遠還是那些。

今晚在便利超商購物時，進來了一群笑聲盈耳的青年遊客，其中一位拿起商品架上護耳保暖的毛線帽戴上，裝起了鬼臉，要同伴用手機幫他拍照。拍好他舉起自拍棒又自拍了一次。

大夥兒相互看了看彼此的手機，都真誠而燦爛地笑了。

真的是十分燦爛的年輕笑容。

他隨手又將帽子放回原處，大夥兒一起離開。我站在一旁陷入沈思。

因為有一個叫做「時代」的年輕人留了下來。

他長得比我高大，寡言，對手機幾乎產生了對待寵物一般的感情。

我正待離開，他卻伸手攔住我，指著我的手機裡他傳來的照片──

不知何時他偷拍了我，而他又怎麼知道我的手機帳號？──

他冷漠地指著我：愛自己。

你要愛你自己。

你。愛。你。愛。得。不夠。

然後彷彿為了要示範一次給我看，他當著我的面，吻起了他手機裡，他自己的照片。

2017 年 3 月 19 日

2018 年

狗臉的歲月

自從七月母親過世，回花蓮老家的次數顯然少了。

台北工作之餘，偶然也會想起，老家的房子空了，媽媽一不在，菲傭也走了，只剩哥哥一人看著房子，冷鍋冷灶地，還有那隻從收容所領回來的土狗，冬冬。不知下次回去，他還認不認得我。

「是 2013 年來家裡的？」哥哥有一次問。

那年原來的狗春來走了，想再找一隻陪伴老人家。養狗經驗豐富的朋友陪我一起去挑：「短毛，中型，初生不久的土狗，不生病，好照顧，最適合老人家；又，母的比較貼心。」

完全遵照朋友的意見，領來了這隻黃毛黑嘴，臉極可愛，出生不過才兩三個月的狗崽。

但除了可愛，其他方面較之善體人意，懂事聽話的春來，可謂遜色多多。

首先是大小便教不會，或是因為地域性太強，或是因為幼時叢林經驗太過強大，冬冬總是每新到一處，便不顧一切四處拉屎撒尿，怎麼打罵都不管用。還曾經因為拉在街頭，遭鄰居舉發，讓家裡吃過一張罰單；其二，便是餓鬼投胎一般，隨地亂吃，狗食人食，煙蒂垃圾，常見他不管三七廿一，全都胡亂

吞下肚，任由怎麼打罵斥喝也不管用，猜想也是「小時候」學會的叢林生存法則——神奇的是不曾見他生過病，鬧過肚子，竟然平安無事地長大；其三，在家中不服管教，橫蠻跳上跳下，沙發床單胡撕亂咬，儼然一個小霸王，可是一牽出門，立刻變成縮頭烏龜，要嘛不肯走，拖都拖不動，要嘛橫衝直撞，拉也拉不住。但只要附近一有其他狗出現，立即尾巴一夾，鑽入人大腿之間，瑟縮發抖，我也只好歸咎於他幼年的叢林經驗——想必，曾經被其他大狗欺負過。

而這樣一無是處的狗，來了家裡兩年，父親過世，七年，母親過世。

這期間他每天調皮搗蛋，無所不吃，跳上跳下，興高采烈。完全無感於家中人事滄桑。

「怎麼會撿回來這樣一隻狗？毫無人性呵……」我有時會懊惱地這麼想。

今年冬天，我有近三個月沒有回花蓮，上週再次見到冬冬，赫然注意到他變了。

因為是獵犬的體質，冬冬的嘴尖，經常習慣性往門洞牆縫裡探，溼潤的頭鼻子嗅得狺狺出聲，也在院子裡捕過鳥鼠。而且耳朵可以幾乎一百八十度旋轉，隨聲源改變角度，極為靈敏。可惜兩邊稍有不對稱，左耳較低一些，且較常後旋。

可是這次回家，我發現冬冬這張小狐狸似的臉，赫然變得方正了一些，臉部肉厚實了些，兩眉之間的溝更明顯，相對嘴也就不顯得那麼尖了。尤其神奇的是，兩隻耳朵竟然對稱了，

並時時高高竪起。

「七歲了，是狗的中壯年……」哥哥說。

再細看，冬冬的腿爪變粗，肉墊變厚，腰圍也圓了些，同時通體棕黃毛色更加層次分明，背後最深，朝臉部淡去，黑嘴白毛增多，擴大至胸前，一片雪白呈漩渦狀，尤其耀眼。

真的是一隻有模有樣，頗具威儀的成犬了。我想——

「原來，狗也有變相……」我心中納喊：「天地萬物，原都逃不過時間設下的局裡，一場場生滅變幻，無常聚散！」

七年了，冬冬不知何時，變得不再隨處大小便，不再隨地亂吃，也懂得守家裡的規矩，聽人話語，看人臉色。

他終於融入了這個家，成為家的成員一份子。我想。

這次我坐在餐桌喝午茶，冬冬進屋子裡來踱步到我身邊，一向貪吃嘴饞的他不再搖尾乞憐，而是把嘴靜靜擱在我大腿上。

兩隻水汪汪的大眼骨碌碌地望著我。

我把口中的蛋糕吐出一小塊，放在掌心遞給他。

他一口吃下，再把嘴放在我大腿上。

我忍不住又咬下一塊蛋糕，一邊想：冬冬終於長大了。

2020 年 12 月 27 日

年輕

突然發現自己不再年輕，很多人，都是「突然」地。

自認不再年輕的人（包括我），共同的特點之一，就是自覺有資格對現下「年輕人」發表些意見。

這種想要「現在的年輕人怎樣怎樣」的衝動，與時俱增，無怪乎心理學家認為老化的心理特徵，其中一是固執己見，二是「憤世嫉俗」。

而一句我最想送給年輕人的話一句話是：不要以為別人有義務對你好。

不要動不動就滿腹委屈，一把辛酸淚。

想在社會上走跳，其實別人對你不好，那是本份。

回想自己年輕時，那顆心原也是「端」著。說好聽些，就是自視甚高，以為後浪推前浪。說難聽些，是不識眉眼高低，不知好歹，掂不出自己究竟幾斤幾兩重。長輩隨口鼓勵勉勵幾句，立刻就把場面話當真，就自以為是民族救星、國家社會未來的棟樑——尤其經過這疫情，大家對「未來」早已心涼了許多，不知庚子年的慘狀是「未來已來」呢，還是未來根本來不了。

「我還年輕，心情還不定——」，歌曲如是傳唱，大部分還

要歸咎於年輕人習慣把心端得太高，鼻孔朝天，眼高於頂，一天一個新想法，每一個都是天下最偉大的發明。動輒言稱「一切」如何如何，「所有」又如何如何。殊不知這一切和所有，其實內容少得可憐。

年輕人聰明的聰明得侷促，愚蠢的也愚得淺薄。

但年輕自有其無敵的一面。端看那唇紅齒白，豐胸翹臀，鮮嫩明亮透著光的肌膚，Q彈的肉，綢緞般的黑髮，鬚毛似的鬚鬢，眼波流轉，口氣生香，體力精神取之不盡用之不竭。擺明是「隨時隨地裝備好**馬上立即可以性交**」——年輕人簡直就是一枝不斷噴發性費洛蒙的生殖載具。

怪不得許多人願傾其所有換得再年輕一次。

因此年輕人的「多變善變」，可以視為大自然物種進化出的生殖策略。尤其是雄性，處處留精才是基因延續的不二法門。奇異的是，其他生物在過了繁殖育兒期，大多立即衰老死亡，一點也不浪費生存環境的有限資源。而人類卻在停止生育之後，還有大半輩子苟延殘喘，還可以讓我這六旬老翁在這裡大放厥辭，對年輕人品頭論足，說三道四：

「你年輕嗎？不要緊，過兩年就老了。」還是張愛玲看得透徹，說得實在。

不要緊，你很快就不年輕了。

很快體力不再，美貌衰頹。回首過去，「年輕」就像被設了一個圈套似的。那顆端得高高的心，得時時提防由雲端墜落；提得高高的身段，很快就銹出了倉皇和心虛。

年輕的你不假思索立刻就向成人的世界棄械投降，朝成人的遊戲規則輸誠靠攏。迫不及待撤下「年輕」的無用冠冕，連忙就業，成婚，生子——即時當下明白，年輕的聰明，原聰明得侷促，年輕時的愚蠢，就是實實在在，如假包換，真金足銀的，蠢。

幾隻精蟲爬過，幾道性賀爾蒙飛揚。年輕眨眼成了人類為了繁衍後代而精心設計的夢。回首前塵舊夢，更是一場春夢。

而「突然」發現自己不再年輕，便是好夢由來最易醒，事如春夢了無痕。

「我有多久沒做春夢了呢……」

你夜半醒來，手上一灘白液，因頻尿趕著上廁所，開燈一看，不是久違的什麼精液淫水，而是一手面霜，趕緊朝臉上抹幾把，像是朝青春致上最敬禮。

雖然青春早已棄你而去。

2020 年 12 月 10 日

父親的蘭花

2014 年夏，父親的二七，蘇迪勒颱風直撲花蓮。

一切完全按照「正常颱風」應該有的表現和步驟：前一天傍晚突然飄風驟雨，但即刻放晴。之後，天空呈現奇異的粉澤色，從嫩橘、檸檬黃、金黃到薰衣草紫、靛青，到青。東方天空甚至出現了罕見的雙重彩虹，感覺出奇地近又寬大，結構結實，久久並不消散。

我心想這奇異的天象，應是颱風的外圍環流所致。

入夜後立即風雨交加，只得早早上床，但久久不能入眠。風聲雨聲物品掉落聲，不曾中斷，聲聲入耳；中夜醒來，寒意逼人，只好起床關冷氣，蹔入父親書房，在風雨肆虐聲中抄了心經迴向，再回房，再醒來竟已上午九點，房間燈還是亮的，是昨晚忘了關就睡著，匆忙用過早點，一心只想上屋頂看看父親的蘭花如何了。

很難想像九十歲的父親能夠如此精力旺盛，同時照顧兩家屋頂上的數百盆蘭花，全是他的心肝寶貝。

還好當初花棚造得堅固，一夜風雨並無太大損傷。

而他離開才不到一個月，已經有少數蘭花枯死。

但有幾盆叫不出名字的蘭花，依然按照時序豔豔地盛開

了。想起爸爸是花蓮蘭展有名的得獎常客。

看著盛開著的父親深愛的蘭花，突然有淚，想起世上其實並沒有文學所謂「草木含悲」這件事。父親突然走了，但身邊的一切包括他日夜牽掛的蘭花，依舊只是照著生命原來的步調和軌迹，繼續行走下去。

天地既無動容，草木也不含悲。颱風過境後天空眼看就要放晴，家家戶戶正在檢視一夜風雨的損失。

下樓後父親養的小狗依舊熱情擁來，抱著我的腳，舔著我的手——牠竟然也對父親的走毫無感覺？還是兩歲的狗還太小不會認主人？

我坐在餐桌父親座位的旁邊，意識到這個家從此不同了，不管周遭的人如何努力去維持父親生前的樣子。

之後的改變有些是他生前一定料想不到的，而有些可能是連生者如我，也無法預期的罷？

而當有一天輪到我離開這個世界，我也相信，這世界依舊會照著原有的步調繼續運轉，太陽依舊東方升起。我如死後有知，一定感喟：原來這世界並不是一定非我不可啊！

來到有時，離開有時。戮力有時，放手有時。

或許因為許多事情擔擱，沒注意到客廳裏一盆父親生前栽種的蘭花，竟然開出拳頭大的花，且穗長盈尺，簡直就像花神附身似的——一剎間錯以為父親還沒走——

「有誰能把蘭花種成這樣？」

沒有。

　　可預見的，這數百盆蘭花在沒有父親照料的未來，只會漸漸——枯死，消失。

　　一如每一個人的一生。

　　而我只願短促的生死之間，我像這群蘭花曾全然綻放。

　　一如我的父親。

擾人的雷普利

　　趁連續假期把手邊這本擱置已久的《天才雷普利》（*The Talented Mr. Ripley*，派翠西亞・海史密絲原著）小說讀完。

　　這是我極少數因為看了電影而把原著找出來讀的例子，而且這兩者期間居然隔了十幾年。可見我多麼耿耿於懷。

　　上回如此，竟然已是 2016 年在愛荷華大學國際寫作工作坊時，在圖書館裡結結實實把電影《銀翼殺手》（*Blade Runner*）的原著小說《複製人會夢想擁有電子羊嗎？》（*Do Androids Dream of Electric Sheep?*，菲利普・狄克著）一字一句讀完。

　　過程宛如一場夢魘。

　　而觀看電影和閱讀原著之間，時間距離更長，赫然相隔了不只卅年。

　　也十分意外，《銀翼殺手》是影史上電影比原著小說高明太多的極少數例子。不但影片有原著所沒有的存在主義式的哲學深度和氛圍，還有影史上最傑出感人的演員獨白，並聰明套用了亞倫・圖靈對「機器人意識」所發明的「圖靈測試」；且在美術設計等影像元素上完全原創，可謂在在橫空出世，凌厲無比，對後來科幻電影影響之深遠也幾乎空前絕後。此外電影主人翁（哈里遜・福特）是人類還是複製人的曖昧伏筆，更將

電影的內涵提升至詩的高度，並催生了廿年後的精彩續集《銀翼殺手2049》。

而《天才雷普利》呢？我必須說電影本身（或說劇本）和同名原著小說平分秋色，各有擅場。

有誰能忘卻電影在流暢無比的爵士音樂及如風景明信片般的義大利美景串連下，竟然是一齣齣天衣無縫（或許再加上一點好運）的冷血殺人事件？一個心理病態的「模仿性凶殺」（copycat murder）案，借用了亨利·詹姆斯《奉使記》的情節構架，卻以殺人者（主角）的心理狀態為主線，成功竊取了讀者（及觀影者）的主觀認同。隨著主角一次次殺人並以雙人身分交叉掩護，每每履險如夷，險險但成功騙過警方及身邊所有關係人，而隨著心情上下起伏，時時刻刻為主角擔心受怕，直到故事接近尾聲，才霍然驚覺：曾幾何時我們竟然和殺人者站在了一起？為何我們對殺人者並未伏法反而繼承大筆遺產的結局毫無異議？

也難怪詹宏志先生在小說導讀裡，借用了國外的書評，說海史密絲的雷普利系列犯罪小說是「擾人的」（disturbing）。而其「擾人」之處，就在於我們「正常人」對於犯罪及罪犯最大也最深沈的疑問：犯罪者在犯罪時心裡在想什麼？他們不知道自己是正在做一件「錯」事嗎？他們如何自圓其說？他們真的會「事後追悔」？…

而這些問題的核心正是擾動讀者之處：我們「正常人」和「殺人者」真的有那麼不同？不同在哪裡？如果真的那麼不同，

　　為什麼我們對雷普利會有這麼大的「同理心」？甚至同情？甚至，是認同？──

　　故事從主人翁雷普利這個平凡人物獲得一個機會開始，一步步進入他所仰望的富豪世界，進而擠身成為富豪身邊一份子，進而取而代之──這不是每個「正常人」的登龍夢想嗎？這一切除了殺人的情節，「何錯之有」？小說原著成功地塑造了雷普利這個除了模仿並無一技之長的小人物，隻身來到人生地不熟的歐陸，只能說點義大利語，卻僅僅憑著現場靈機應變和幾分運氣，最終成功取得鉅大的財富。將殺人者設定為惹人同情的弱者，並將殺人動機淡化描寫成幾近「不得已」，這些並非海史密絲的獨家招牌手法，其高明之處在於將讀者循循善誘，引入殺人者的心理狀態後，再餵給讀者大量犯罪後的「脫罪樂趣」，從而忘卻了主角內心最恐怖的特質：毫無罪惡感的犯罪邏輯和從不感覺欠疚的良心缺乏症──直到最終我們放下書本關掉影片，回到原來的現實世界，才發現自己內心已經歷過一場最真實的犯罪行為。緊張深刻，鉅細靡遺，卻到處充滿令人不安的激情和狂喜。

　　電影的改編無寧是成功的。幾個細節的更動和劇情的爬梳，使得故事更為合理，從一開始便步步埋下伏筆，鋪陳至結局雷普利最終必須繼續殺人──為了保住他竊取來的富豪身分，而繼續殺人。所謂說一個謊需要十個謊來圓。「只好繼續殺人」成了雷普利荒謬的終身宿命，而電影安排（書中只是出現雷普利腦中一瞬間的想法）雷普利表情痛苦地要將他手中心

愛的男子以圍巾絞死，鏡頭停在他真實的（而不再模仿富豪）絕望心碎的表情上——

至此電影呈現出小說未曾達到的「道德上的恐怖」的境地。

海史密絲筆下的雷普利相較之下，再足智多謀也只是個小聰小慧的幸運兒殺手，電影卻淋漓呈現了另一個「性格即命運」的希臘悲劇式的連環殺人犯。英國影評人協會當年給了這部電影最佳改編劇本獎，的確獨具隻眼，可說是目光獨到。因為電影和小說中的天才雷普利的不同，幾乎就等於文學史上，一部通俗犯罪小說和一本優秀的嚴肅文學之間的差異了。

2020 年 7 月 16 日

贈書記
——也爲我的珠珠書創作說幾句話

一，追憶書的美好似水流年

　　記得前年應邀前往南臺灣某大學演講，由於剛出了一本詩集，便帶了幾本，打算送給課堂表現比較好的同學。演講結束我挑了幾位踴躍發言的同學贈書，沒想到第一位同學拿到了書，在手中翻了翻，竟然當場還了給我，說：「老師，這書字太多。」

　　至此我才驚覺事態嚴重，曾幾何時書竟然已經在年輕人的世界裏，和室內電話一起迅速退位。多少年來，「贈書」不一直是件風雅而鄭重的事？從沒聽說有「當面退回贈書」的事。尤其作者親自簽名奉上，不僅誠意十足，也是內心尊敬的表達——想想一本書需要多少時間精力的投注才能完成，更何況還要有出版社看上眼願意出？

　　而 3C 世代最爲人所詬病的特徵：注意力無法持續集中太久，也充分反應在「讀書」上——慣於滑手機的眼睛，想當然耳無法好好專注讀完一本書。「字太多」三個字一語道盡現在年輕人想吸收的是什麼樣的資訊——輕簡、快速、直接、零碎、

印象式的「速讀」與「記得」、反射式的輕易結論。像書這樣老老實實的「慢速實體」，厚厚重重的「大量」文字載具（據說現在文長超過一千字叫「太長」），三兩本在手嫌沉，一落落擺在書架又佔體積，搬家時更是令人頭痛的一大麻煩，最好「三搬當一燒」，丟。

而書的閱讀被嚴重支解和放棄後，出版品（尤其文學類）銷量年年下修，進而書的出版印刷也遭惡性循環，較以往馬虎草率許多。記得六、七年前一家純文學的出版社向我邀一本散文，赫然從交稿到書本熱騰騰出爐，只有不到二十天。二、三校全推給作者在下我，封面封底文案也要我代筆，美編提出的幾個封面設計簡直慘不忍睹，只好自掏腰包向攝影師友人購買一幅作品充當封面，沒邀名家寫序，也來不及找人在書腰上推薦，連內文章節也沿襲我原稿的版本，真叫人懷疑這當中編輯究竟做了什麼？書拿到我隨手才翻了翻，又跳出幾個錯別字。我只能哀嘆了一聲，向編輯拜託：我再校一本，如果書有機會再刷時，請改正過來。

而這一「再刷」，就不知是多少年後。

也沒有新書發表會，沒有任何打書的行程活動，沒有宣傳，什麼都沒有，只是書市悄無聲息地出現了又消失了一本書而已。

而「想當年」，我在一九八〇年代初踏入文壇，那時出版社對待他旗下的作者群和書，極為慎重，嚴謹且照顧有加。記得在漢光出版《我撿到一顆頭顱》詩集時，我拿到書時對封面

的紙張顏色向編輯提了一些意見，赫然結果是書重新設計，重新印刷編排，從紙張紙質到顏色磅數。而第一版的書全數收回庫存，也不在乎金錢損失。在台灣出版業正輝煌的年代，一本書就是台灣文化的具體而微的象徵。

　　至今我仍深深享受手中握著一本書的感覺，翻開一本好書時的心靈新奇感，撲面而來木質的香氣，指尖上油印的觸感，裝禎開本上的種種講究，閱讀時視覺上的輕鬆清爽，不似 LED 面板的刺目容易令人疲倦……等等，根本無法想像一生當中如果沒有書的滋養與陪伴，日子該如何度過，靈魂又會如何枯竭萎靡……。

二，我的「珠珠書」的療癒魔法

　　2018 年八月當詩集《嘴臉》問世時，我已經從事貼珠珠的創作超過半年了。朋友看過我的作品的，有的單純欣賞它們的美，有的不理解為何我選擇了這一點也不「男子氣」的創作方式，有的聳肩吐舌，說：「我有『密集恐懼症』！不敢看你的作品看太久……」，而最耐人尋味的，則說我的作品有些草間彌生的味道。

　　由於才翻過草間的一本自傳，知道她一直有精神上的困擾，以無窮無盡的圓點創造一個自己的現實世界，類似強迫症的偏執，其實更有療癒自我的內在效果。這樣「既是療癒過程又有作品成形」的例子，給了我一面照見自己的鏡子。也難怪

朋友說看我在黏珠珠時整個人站立挺直，好像神靈附體，完全投入忘我，不理人。創作者本不應該對自己的靈感有理論有說法，我只能說那時因為出書，手邊突然多了許多本「嘴臉」，在那個「萬物皆可黏」的精神亢奮期，就隨手取了一本，將手邊剩下的珠珠材料做在詩集上，才發現這其中有許多有趣的「可論述性」在其中——在書從資訊載體的位置快速消隱的當下，身為詩人，在詩被多數讀者摒棄於日常閱讀習慣之外，在許多人開始用印刷精美的精裝或線裝書去裝飾客廳的時代，我將自己的詩集黏上了五彩繽紛的珠珠，看似無聊的勞作遊戲，其實我用「物化」書去嘲諷了一個煮鶴焚琴的文化取向及氛圍。

一本書被無止盡無限度地誇大裝飾，於創作者可能只是他諸多療癒性創作的路線之一，但在書上黏 bling-bling 珠珠（及其他所有歸入勞作材料之內及之外的微物從蝴蝶結到 3A 電池），除了在實用性及美學上顛覆了傳統「書」的本質及概念，更將「書的沒落」無情曝露和捉弄，為這資訊泛濫而且斯文掃地的「閱讀」時代，人類思考的品質劣化和價值瓦解，上演一齣眩人耳目的膠水秀。書在黏貼各種微物的過程中，從典雅莊重的資訊載體搖身一變，成為華麗可人的趣味玩物，令人「愛不釋手」不再因為它是一本「內容」精彩的「好書」，而是包裝機巧光輝，握在手中可以有如名牌提包的「好」的物質性的「書」。

前所未有地，「珠珠書」的出世使一本書既可閱讀又可藝玩，在觀眾／讀者／藝術品買家藏家的眼中，這本書也終於失

去「被閱讀」的獨家身分，而成為一身珠光的非情方形物。這時，人類也應該對自己的貪婪、愚蠢及殘酷，發出和原初讀到一本震動靈魂的好書時同等的驚奇感罷？

2019 年 1 月 18 日

擋路（二則）

1，有人走得比你快

自詡是個走路快的人。但近來發現，走在路上，經常被人超越。

一開始還以為是自己老了，走路速度變慢。

但看自己走著走著還是超過許多人，證明自己腿力並沒有退化。

有了幾次經驗，我發覺超過我的如果是男的，那我們的距離就會以同等的趨勢，愈拉愈長。

令人困惑的是，如果是女的（通常）走路超過我，卻往往在我面前三四步之遙，便漸漸不再拉長距離，而是與我幾乎以同等的速度前進，保持等距。

這往往令我感到困擾。

彷彿有人故意要擋著路似的。

又，彷彿是要向我展示他（她）的背影？（——還有其他可能嗎？）

如果當初超過我是因為本來走路就那麼快，或是有急事，那應該距離要愈拉愈長才對，不是嗎？

「為什麼就在我面前視野裡形成久久繞不開的一塊影子？」我心裡問。還是——

——還是，這一切不過是我的錯覺？

我通常的選擇是，慢慢放慢腳步，拉開彼此的距離。

或者，就在下個路口轉彎。

「我只想不被干擾地好好以『自己的步伐』走路——」我對自己說。

而顯然，我還遠遠做不到「不被干擾」。

一如人活在世上，要以自己的節奏融入無調性交響曲般複雜吵嘈的世界，而沒有絲毫扞格不入之感，談何容易？

原來，世間行走，本身就是一種學習。

2021 年 1 月 6 日

2，她

從辦公室走向捷運站，要經過五個街口，自詡很少人可以像我，只需五分鐘。

但今天偏偏一不留神，被一位身材短小的女生超過。

紅衣紅帽，足登短統馬靴，及肩長髮佔據了她背影大部分，卻是染得帶些枯黃。

惟一可怪之處，在於端看背影，完全猜不出她的年齡。

和我之前的經驗符合，她超過我後，大約在我面前三、四步就忽然沒那麼快了，保持和我等距離行走。

　　兩人又走過一個街口，我幾乎就要超過她，但又覺得不妥，只好放慢腳步。

　　然後就到了捷運站前的紅綠燈。紅燈。

　　她只好停了下來。

　　我們和一大群人站在路邊等紅燈。

　　這下算是平手。

　　但綠燈一亮，她幾乎搶在所有人前頭衝過馬路。她又領先了。

　　上了階梯，她改小跑步奔向閘口，我緊隨其後。

　　但就在閘口前，一聲鈴響，她被機器攔住了。大概是票有問題。

　　有那麼不及一秒，我們擦身而過。

　　在那不及一秒，我見到了她回過頭來的臉。

　　那是一張和她的裝扮和長髮比較起來，蒼老的臉。

　　紙白，佈滿細紋，單眼皮，上了濃妝。

　　僅不及一秒的時間，我看到了她的焦躁、不耐和壓力。

　　我繼續向前走，上電扶梯，走向捷運月台。

　　和所有人一樣，我裝作若無其事，根本沒注意到她。

　　而立即就有車廂駛進了月臺。

2021 年 1 月 8 日

未來咖啡記

才旅行兩天，身體已在抗議：已經兩天沒喝到像樣的咖啡了。

行車路過一家商場，規模頗具，連忙和友人一起衝進去找咖啡。

一家門面頗大，但毫無裝飾的 café 就在入口不遠處，走進去才發現連一張椅子都沒有，就一個櫃檯，兩位店員。色調一逕是灰，天花板、地板、牆和櫃臺，員工的制服，皆是深淺不一的灰。

口頭點了一杯拿鐵，卻遭拒絕。

「我們只接受網上訂購……」一位店員說。同時指著臺上排列整齊的幾排紙杯，說：「這些都是，等下有人會來取。」

果然不一會兒，一位東方青年偕同一位金髮西方女子走進店來，把那十幾杯像一隊士兵的咖啡，全都帶走。

「這……」朋友見我面有難色，便掏出自己的手機，掃描了牆上的 QR code，手指點幾點，便說：「好了。」

「對，就是淘寶購物的概念……」店員在一旁說。

但也不見店員動手泡咖啡，只是轉眼間，店員從櫃檯後方頗巨大的機器裡，端出了兩大杯熱騰騰的拿鐵，一樣盛在

灰色的紙杯裡。

「先生，您的拿鐵好囉……」

我一時會不過意來，下意識伸手入口袋掏錢。

「先生，對不起，我們不收現金……」店員說。

「謝謝，」我連忙向友人道謝。

「沒事，」友人說：「網上買咖啡還另有折扣呢……」

我好奇打量這家咖啡店，才發現主角是那櫃台後巨大的咖啡機。不斷隨訂單吐出一杯又一杯現煮美式、拿鐵、卡布、濃縮。

沒有一張桌椅，沒有收銀機，沒有侍者，沒有廁所，沒有垃圾桶，也沒有人坐著聊天，看報，滑手機。

每個人都是來去匆匆的過客。

我喝了一口，原以為這「機器人咖啡」一定不甚了了，但老實說，比起手工沖泡並不差。

我和友人邊喝邊逛，漸漸身體恢復了元氣，同時看到了預定的目的地——XX 書店。

正要進入，卻被門口坐著的一位身著整齊西裝的小弟阻止了：「飲料不能入內……」他口氣十分堅定。

原來書店裡頭另有一家咖啡店。

我們只好又退了出來，四處尋找垃圾桶。

偌大的光潔的商場走廊，人來人往，垃圾桶卻形跡可疑。

待我們在某個遙遠的角落，發現一個珍稀的垃圾桶時，裡頭已經盡是咖啡紙杯的屍體。

而我特別又注意到，其中咖啡大多只喝了一半。

末日即景

　　那年我在喪父之痛中，獨自飛到洛杉磯參加一位「心靈大師」的課程。和所有其他的心靈課程類似，大師難得開講一次，價格貴得難以想像。

　　課就在離國際機場不遠的一家旅館裡舉行。

　　我早到了一天，整個旅館冷冷清清。

　　雖是四星，卻什麼設施都沒有。

　　由於不想整天待在房間裏，我試著在旅館附近走走逛逛。

　　旅館大門過馬路有一家麥當勞。再過去是龐大的租車場，停滿亮晃晃的玩具般的排排車輛。然後是糾纏在一起的幾條高架公路，幾乎無法再向前走。

　　退回來向北走，是機場方向，一塊又一塊未開發的地皮，叢生著野草，被鐵絲網圍起。飛機不時轟隆隆凌空飛過，近距離劃過我的耳膜。我走了幾個 block，便決定折返。

　　向南走是另一家旅館，更大，沿途路旁栽種著各種沙漠植物當行道樹，都顯露出一副乏人照料自生自滅的悍野神態，不是畸型肥大的莖，便是滿身銳利的刺。偶爾綴著一朵幾乎不易察覺的小花。

　　我走了幾個 block，風景幾近於零，只好又折返。

　　往東走是神秘的鵝黃色高大圍牆，完全猜不出牆裡是什麼，走了好久才遇到一個看似入口的辦公室，立在高高的石階之上，什麼門牌路標都沒有，只有一個大型的商標印在大門，我才略停一下腳步，對面馬路立刻有位戴著墨鏡的著警衛制服的白種男人朝我吆喝，示意我立刻離開。

　　我才意識到我身邊盡是監視器的電眼。

　　我只好退回麥當勞，買了些食物埋頭大嚼。隔壁桌有一群人神采飛揚地大聲說著韓文，像是老師帶著學生來開會。此時有位深皮膚的流浪漢模樣的男人走進來，立在點餐櫃臺前望著頭頂上的菜單，良久不發一語。

　　我之後回到旅館，遠遠便看見那位「心靈大師」，身穿跑步運動服，手牽著一隻大狗，正和大門警衛聊天。他這時看起來，更像一位退休的健康有保養的富裕老人。

　　然後旅館大廳漸漸熱鬧了起來，人聲鼎沸。更多人前來入住。

　　都是要來參加明天課程的人。

　　我穿過他們，只覺是一群無法歸納出任何共同特點的一群人，男女老少，各種種族國籍膚色，各種穿著，甚至還有一家大小。

　　感覺好像**全世界的「心靈」都聚集在這裡了**。

　　走出旅館就只有沙漠，無窮無盡的心靈的沙漠。

　　我來到的，原是這浩瀚沙漠裏築起的巴別塔。

　　我走回房間，心裏湧起一股想逃離這裡的衝動。

　　然後時差發作。

　　當我再醒來，課程已經開始了。

重回靜浦

　　我是民國 76 年下半年（確實日期不記得）來到靜浦醫務所的。

　　自 75 年在花蓮市某營區報到入伍，一直有軍中文化適應不良的問題。一年後仍未見改善。每天早點名後，我必然要找個隱密的地方，把才吃下的早餐嘔出來。

　　一天部隊某長官打棒球被球擊中眼睛，來到父親的診所求診。父親趁機拜託他將我調個單位。於是隔天我便糊里糊塗地被一聲口頭通知，揹包一扛，來到了位於秀姑巒溪出海口附近的壽豐鄉靜浦村，並在此度過了我預官役的第二年，直到退伍。

　　從花蓮市搭海岸線的公車，大約要兩個半小時。車子過了大港口，跨過長虹橋，下一站就是靜浦了。那時候的靜浦和花東海岸公路沿路的其他各個小站，其實沒有太大區別，除了一般民居，就是小吃店、旅店、柑仔店，外加小學和教堂。但靜浦名字好聽，「安安靜靜的水畔」，翻開地圖，就落在秀姑巒溪切穿海岸山脈的地方，幾乎就在北迴歸線切過的那一個點──之後我每天例行的晨跑，都要去刻有「北迴歸線」碑石那裡繞一圈。

　　當初因為地處花蓮臺東交界，據說「方圓三百公里」沒有

醫療資源，於是軍方才有在靜浦設立醫務所的想法。

　　村民不多（確實數目不知），組成大約三分：台灣人（閩南及客家各半）、外省退伍老兵、原住民，而且數目相當。

　　醫務所就座落在公車「靜浦站」站牌旁邊，除了一名醫官，還配備兩名醫務兵、一名伙房。圍牆大門內，格局呈倒ㄇ字型，前院進來橫排有掛號室、診療室、藥房、簡單的開刀房、X 光室、醫師休息室及可以開會的小客廳。

　　走過中央穿堂，兩邊是阿兵哥的寢室、廚房、餐廳及一間有四張床的病房。ㄇ字型所包圍的中庭種了一棵極高大的麵包樹，落果砰然有聲，果實往往成為桌上佳餚；其後視野豁然開朗，是一大片接著一大片的稻田平疇，再遠處是高聳青翠的山脈，翻過這座山，就是綿長的花東縱谷了。

　　而我從 76 年秋起在這裡過著「那個靜浦陳醫官」的靜好歲月，幾乎「與世隔絕」。因為地處偏遠，附近除了駐守的海防部隊，上級長官極少出現，每天看著太陽自太平洋海面升起，又從海岸山脈山背落下，這一年成為慣於忙碌的我極為罕有的悠閒時光。每天除了上下午兩節門診，其餘有許多時間可以閱讀和寫作。其間試投了一篇散文至「小說創作」雜誌（現已停刊），當時的主編（已忘了她的名字）看了極有興趣，要求我定期供稿，成為專欄，名字就取「無醫村手記」。於是一年下來就有了這本書。

　　花蓮雖然是我的故鄉，但自小生活在花蓮市區，也算是鄉下的半個「城市小孩」，乍到靜浦，還是有許多不適應處。加

上病患許多是原住民，因此我又緊急惡補了些簡單的阿美族語。除了東海岸的病人，平常接觸的只有靜浦村頭開雜貨店的江媽媽、近正午出現的郵差先生、偶爾來訪的一位靜浦國小實習教師、偷閒的守海防的軍官士兵，其餘大多自己一人。一年間我出版了我第二本詩集《我撿到一顆頭顱》（漢光），繼續寫了幾首流行歌曲的歌詞，一本本看完了遠景版「世界諾貝爾獎文學作品全集」。體重也由原先不到六十公斤增到了近七十。

而這一年離群索居的生活有如梭羅在華爾騰湖邊的隱居，是田園風又帶點自然主義況味的。隔著中央山脈遙看自己已經習慣的台北都會生活，突然多了一份**冷眼和反省**。當然卅年後的今天再回頭看，那份省視之心也還是侷限而淺薄的。身在軍中，雖已醫學院畢業，但滿心對未來的種種規劃和期待、未來住院醫生的申請、專科醫師的考證，同梯軍官多的是私下默默準備出國進修的考試科目，生活平靜表面的底層，其實心情起伏，暗潮洶湧。

民國 77 年秋退伍離開了靜浦，進入台北榮總眼科當住院醫師，我赫然從此再沒回過靜浦。直到約廿年後的某個冬日，一位台東原住民友人開車由台東出發，堅持要陪我重遊這片我心目中的「淨土」。兩人來到靜浦才發現原來的「靜浦站」站牌已經移走，原先圍繞著站牌菌集的小店皆不復存在，整條馬路連帶公車路線一起改道。原因是連續幾年颱風皆從秀姑巒溪出海口登陸，公路路基被海浪衝毀掏空，出海處的小島也移動了位置，地形地物的改變不可謂不大。

而醫務所竟然還在。但遠離了公車路線，沒有了人潮，顯得破落蕭索。從外頭看大門深鎖，油漆斑駁，外牆上我用油漆手繪的「軍民一家親」的圖案已經不見。我不甘心被拒在外，翻牆進入，裡頭建築仍在，但無人使用已久，形同廢墟，中庭那顆麵包樹還在，已被比人高的野草包圍。昔日的診室、餐廳、藥房，如今都只是一個個破落上鎖的黑房間，無法辨識。

「是這裡已經醫療資源充足，所以撤走了醫務所？」我心想：還是軍方因為人員編制不足，年年員額減縮，再也派不出人來經營醫務所？

心中頓時閃過千百種理由，但也無心無力去追索真正的答案。

當我們驅車離開靜浦，遠遠看見了卅年前教堂的尖頂，半山腰上的國小，在車窗外一閃而過。經過長虹橋時，發現車子開上的已經是另一座新橋，原來記憶中鮮紅亮麗的「老長虹橋」在一旁被當作人行步橋。令我驚訝的是，如今它看起來如此的陳舊，灰撲撲，如此地窄小。

在東臺灣冬天灰沉沉的低氣壓雲層覆蓋下，我們頂著強勁東北季風，沿著新修築的海岸公路，一路開回了花蓮。我和這位原住民朋友從此沒有再見過面。我明白這是他的某種告別方式。他直送我到南京街家門口。我們揮手道別，他上車前望了我一陣子。

從此我再沒有回過靜浦。

2020 年 12 月 20 日

乾溼分離

車子在花東縱谷中一連走了好幾個鐘頭，過了午飯時分，大家睏乏之間，突然 A 提議，拐一下方向，去探看附近山上一位修行人。

聽起來是 A 的舊識。

一路山色青青，潤野平疇，不久車子便已來到一座位於山坡上的尼姑庵。

庵裡尼眾一聽見車聲，立刻迎了出來，數一數大約十來位。

說是庵，但也不過幾間鐵皮屋子，一列排開，屋前道路正在翻修，我們踩著泥水碎石進了庵。

顯然此處香火不旺，人煙罕至，屋裡佛像陳設也都簡陋，但尼眾個個精神抖擻，招呼眾人茶水點心，十分殷勤。

但除了 A，誰也不認識誰，眾人坐下來吃吃喝喝，神情不免有些尷尬。

為首的一位尼姑看上去面目清瘦，氣質不俗，立即和 A 聊開了，彷彿十分熟稔。但平時卻也很少聽 A 提起這位出家人。

反正 A 是頂級業務，和誰都自來熟。

吃喝好一陣，眾人也都輪流上完廁所，客套話說盡，感覺是該離開的時候了。

「對不起打擾了……」眾人一面道謝一面往外走，A 卻一副沒有馬上要離開的意思。眾人琢磨了半晌，才明白 A 的意思，紛紛在佛前的箱子裡投了些香火錢，便要告辭。

為首的那位尼姑見大家掏出了錢，神情更加興奮起來，只見她把 A 拉至一旁，窸窸窣窣不知說了些什麼，大家正要上車之際，她又以更大的聲量，彷彿要宣布什麼重要事情或者開示，說：「記得以後大家吃飯要乾溼分離……，」

大夥不禁都豎直了耳朵，以為底下會有什麼更高深的道理要揭露。

「吃飯不喝湯，喝湯不吃飯，兩者起碼要相隔三十分鐘以上……」

「餐餐如果都能做到，各位施主起碼多活三十歲……」

她聲量大到在場每個人都聽到了，同時臉上露出極為鄭重的神色，彷彿是對眾人慷慨解囊的一種回報。

但見沒有下文，眾人稍怔了怔，便上車了。

2020 年 2 月 29 日

關機充電

聽說平板很耐摔。

自從平板使用到黏手，也就不停地摔。也真的感受到平板鋼鐵一般生存的意志，壽命最長的一次是摔得面板有如蜘蛛網，仍然繼續使用了整整一年，最後更換的原因是記憶體已滿，而非摔。

但這次摔了之後，充電的速度卻立即明顯變慢。

但也又安然無事地使用了兩個月。直到上個星期，突然有一晚就永遠只充到 1%，就再也上不去。

因此每次都是抓緊那 1% 電力所能撐住的時間，以最驚人的速度完成一件事，然後在螢幕瞬間暗去之後，乖乖等待再度亮起，然後繼續。

一開始我以為是充電線的問題。不是。

以前也發生過電充不上去，拿去綁手機號的門市，那店長模樣的男生聽完我的抱怨，從抽屜裡掏出一些我看不懂的工具，伸進充電座的小孔裡去，不消一分鐘，像掏耳垢似地掏出一團灰，說：「你的充電座太髒了。」

充電立刻恢復正常。

但這次完全不靈。

得到的答覆是：必須拿去這牌子的專門店去修。

我又忍了一個星期，終於忍不住去了。

這個牌子的專門店離我其實並不遠，地鐵只有兩站，再走五分鐘。

是一間巷子口相當簡樸的小店，一位年輕人在聽我描述過我的問題後，拿起螢幕被摔成蜘蛛網的可憐平板檢查了一下（但所謂檢查也只是摸了一下又充了一下電），便一臉嚴穆地告訴我是充電座裡面壞了。加上破碎的面板比較容易「漏電」，也是電充不起來的原因之一。

「要送修。但修也要花好幾千塊，而且要等兩三個禮拜以上，**還不如買一個全新的……**」他說。

不知為什麼，這一段說詞在我耳中聽起來特別熟悉，好像聽錄音帶反覆播放過好幾次。記憶中我好像不斷不斷聽過類似的話——每當你打算將你出毛病的 3C 產品「送修」時，就會有人在你耳邊重播一次。

然後他好像看穿我一秒也不想等的心思，將手一指，就在我面前廿公尺處，就矗立著一家百貨公司，「裡面就有一家門市」。

之後我像是被催眠似地走到了位於十樓的門市，小姐一看我手中的佈滿蛛網的平板，和我如喪考妣的表情，幾乎當場笑了出來。

「你現在這一型的平板已經比去年漲了三千……」她目不轉睛：「而且你這是綁手機 SIM 卡的，全台灣目前只有兩台，

我必須調貨，至少需要等一個禮拜……」

「還有，我們現在推出有螢幕防摔險，只要再多繳四千元……」

而當下我有如蜘蛛網裡的獵物，竟然就乖乖刷了卡，回家等電話。

我想那一天，全世界再沒有人比那位門市小姐更明白什麼叫「凌遲的快感」了。

接下來的一個禮拜，我仍然不死心地試著各種辦法，想把手邊平板的電充到大於 1%。

當然不曾成功過。但突然福至心靈，想起就在地鐵只有一站的距離，我曾經在車窗外看到有一家專門修理 3C 產品的小店。

我二話不說立刻衝去，也不管是星期六早上。

好不容易等到店開門，兩位態度極為輕鬆的年輕人聽過我的抱怨，對我的平板做過同樣的檢查，又對我說了同樣一段「最好買個新的」的話後，我失望極了。

但我回頭一想，他們是獨立開店的年輕人，沒有理由要我去「再買一個」賺業績，於是我又多問了幾句。誰知道那位年輕人極有耐心地拿出另一些工具，為我測了充電座的電壓，分析了電壓為何會這樣低的原因。

「真的是充電座壞了，要修要整個平板打開，沒有你想像的那麼容易，但是你可以試試關機充電，搞不好可以充得上去一點……」

　　一點靈明，他在我眼中，立刻背後生出圓光。

　　哈利露亞。千試萬試，我之前怎麼就沒有想到試過關機充電呢？我抱怨的其實是自己怎麼這麼笨。

　　我立刻回家如法炮製，居然在短短不到半個小時，電已衝破五十。

　　一個星期之後，我手中變成有兩個平板。同樣可用，一個光可鑑人，一個佈滿蜘網。我看著看著，心中充滿被資本主義愚弄的憤懣……

　　於是我用透明膠帶將蜘蛛網裂紋貼滿，下定決心，要將這個平板用到完全不能再用為止。

　　而不知為什麼，每當我坐地鐵經過，總會憶起那位年輕人的臉……

2019 年 8 月 30 日

無有恐怖

美國朋友來家小住，問我為什麼不再在陽台上餵野鳥了。

連我自己也驚訝，有這麼久了，連久久才來一次的朋友，都注意到了。

而我一時只覺一言難盡。

因為餵野鳥當初是件「發心」的事，好像將一隻寵物放生於宇宙天地間。

持續了有三年多，之後停止，當然理由很多。包括飼料周圍被鳥屎污染，引來蚊蟲是其中之一。

我想了一下，其實另有一個稍微形而上的理由。

「你知道最主要來吃飼料的有兩種鳥，一是野鴿子，一是麻雀……」我說：「這兩種鳥總是給人一團亂的感覺。」

主要是互啄，鬥爭得很厲害。

邊吃邊互啄，很忙。大的啄小的，輩分高的啄低的。體形大的野鴿子啄體形小的麻雀。

每隻鳥其實都想獨佔飼料盤，不管我放再多飼料，不管牠們吃不吃得完。

我一邊餵食一邊觀察，一邊反省自己和人類。

同時我又發現一個有意思的現象：麻雀從不單獨進食。總

是成群跟在野鴿子屁股後頭，野鴿子來牠們才來，野鴿子吃飽了飛走，麻雀也立刻跟著一哄而散。

「為什麼陽台上**空無一鳥的時候，麻雀不來**？」我心頭疑問。

經過很長一段時間，我才琢磨出這是麻雀的一種自衛機制。因為野鴿子在陽台上吃飼料時，在牠們眼中也是相對安全的進食時機。野鴿子的天生機警，易受驚嚇，給予了麻雀安全的保障。

「而牠們所需要忍受的，便是邊吃邊遭受野鴿子的攻擊。」我說。

「而我們人類不也一樣？」朋友說：「我們不也寧受現實群體的擠壓脅迫，也不肯一人獨自面對未知茫然的恐懼？」朋友為我補充。

是的，恐懼。

我們和鴿子麻雀一樣，無時無刻不面對生存的恐懼。而我們發展出比麻雀鴿子更複雜不知凡幾的生存機制，汲汲營營於建立牢不可破的「舒適圈」，拼死抓住「安全」，試圖將所有「恐懼」排除在生活之外，生命之外。我們無論如何不肯走出群體，由「他者」建構的地獄，我們無能也無意獨自面對生死兩茫茫，向著自我深處追問生命的意義、生活的目的、一切存在的「真相」。

因為這些，都多麼的「不安全」！

要面對這些恐懼，原需要多大的勇氣、決心、智慧，還有，

需要多大的放下？

　　曾讀心經有感：菩提薩埵，依般若波羅蜜多故，心無罣礙，無罣礙故，無有恐怖。

　　遠離顛倒夢想。

　　而一個人要經歷多少苦，才能真正明白人生有多少的「罣礙」，世人原來活得有多麼「顛倒」，才能對「無有恐怖」的境界，心生嚮往？

　　這裡佛陀這樣的覺者要告訴菩薩的，或許就是面對生存的恐懼，克服，並超越它罷！

2019 年 5 月 18 日

譯者徐進夫

　　在花蓮老家整理書櫃時，於一大落一大落蒙塵的「新潮文庫」叢書（志文出版社）之間，不斷憶起 1970 年代我的花蓮高中時期，那個心智發育求知若渴的少年，曾經從花蓮惟一的書局「光文社」搬回一本又一本「世界翻譯名著」，其中有一個名字不時映入眼簾。從《禪的故事》（李普士著）到《流浪者之歌》（赫曼‧赫塞著）到《西藏度亡經》（索甲仁波切著），這些當年知識青年幾乎人手一冊的書，譯者赫然都是「徐進夫」。

　　徐進夫何許人也？年少的我除了埋頭生吞活剝「世界名著」，並無心探究。

　　直到近三十年後的兩千一零年，因緣巧合結識當年新潮文庫的負責人，甫從士林中正高中退休的曹老師，才又陷入少年時期的「新潮文庫鄉愁」。在書架上重新翻出那些發黃脫頁的書，重逢「徐進夫」三個字，才恍然明白這三十年間，我和文學、佛學的因緣，竟和他有關。因為那些活潑深邃的禪宗公案，優美神秘的「悉達多成道記」，超越想像的「秘教中陰聞教得度」，竟然在高中時懵然似懂非懂地瀏覽之後，在日後人生旅途必然的曲折困頓裡，在心中一一萌芽，蔚為庇蔭的大樹。

　　隨手翻閱書封上的「譯者簡介」：徐進夫，一九二七生，江蘇人，曾任軍醫，精通英、法文。一生致力於翻譯……云云。其中「曾任台北榮民總醫院檢驗員」一句引起我注意。我一九八八年底進入北榮工作至今，卻從未聽聞有這麼一位能翻譯的同事。當時他已退休？算算當時他已六十，極有可能。我向院內幾位資深的老員工打聽，也沒有人記得有這號人物。我抓到機會向曹老師探詢，他竟然也只模糊記得他是諸多「新潮文庫」叢書的譯者「之一」，交情僅止於工作。令我悵然若失。

　　網路時代按理人人大小事都無所遁形，而我「肉搜」幾番的結果，不但照片全無，生平更付缺如，相關文字竟然只有一篇梁立堅先生短短的悼念文章，發表於 1991 年的聯合報，說他「心臟衰竭逝於自宅」。算算得年不到六十五，而那年我正好第三年住院醫師。他單身未娶？逝時可有子嗣？文中並未提及。梁文以老友的口吻形容徐進夫對「翻譯事業」的專注、投入及其狂熱，一絲不苟：

　　在功利瀰漫的滾滾紅塵裡，他的選擇確實少見。對此，他的解釋是：「人應當為自己尋找生命的定位，而從事自己真正喜歡的工作便是人生最好的定位。」

　　而在一系列鈴木大拙及禪學的譯作裡，徐進夫除了流暢信實的譯筆令人印象深刻外，就是那動輒三、四頁，長度遠遠超過原文的詳盡註解，使得每一本禪書讀來都像給初學者的佛教百科全書。而我日後對佛教的興趣，接受，毫無障礙

地融入契入，現在回想起來，不能不說和徐進夫當年如此嚴謹「多事」的翻譯態度，有直接關係。自古中國知識份子重視的「三不朽」，徐進夫以他終生對翻譯的單純熱愛，在他豐美的譯作中一舉完成了「立德、立功、立言」的三不朽。

有人說歷史上對中國佛教貢獻最大的是玄奘大師，但玄奘的譯著除了心經（而且還是根據鳩摩羅什的譯本），其餘如大般若經、成唯識論等學術磚頭，能讀懂理解的人寥寥無幾，因此佛教能廣為流佈，深入人心，卻不能不歸功於鳩摩羅什口語化淺顯生動的譯筆。我們對翻譯大師們的方便善巧、巨大功德只有心存感激。而徐進夫以一介退伍軍醫，一生不斷精進外語能力，選擇了終生奉獻給寂寞的翻譯事業，在他留下的諸多譯作裡，精確傳達了「廣長舌」的菩薩精神。

謝謝你，徐進夫。

2019 年 5 月 10 日

感恩病

今日台灣佛教「市場」龐大，三步一宮廟，十步一道場，姑且不論供的什麼佛，最起碼人人嘴裡都裝了一隻廣長舌，變得好有言有語。所謂：「佛言佛語，佛里佛氣」，竟成了台灣「佛教徒」一個特色，常常不由得驚出一身冷汗：不是說是末法時期？你看看佛法興盛成這樣？

除了「菩薩會懲罰你」，最普遍掛在佛教徒嘴邊的，同時也是最好用的，是「感恩」。

人潮擁擠要旁人讓路是感恩，電梯人滿硬要擠進來，也還是感恩。日本佛師曾出書直指現代人普遍患了一個病，叫：「感恩病」。嘴裡事事說感激，處處雙手合十說感恩，謝天謝地謝自然，謝佛謝僧謝鬼神——但翻遍佛經，竟然看不到一句佛曾經如此教導，當然更沒有這一項**「口口聲聲感恩法門」**。

為什麼「感恩」？有事沒事都要感恩？說穿了，不過是我說感恩代表我修得好。背後其實是**隱藏的我慢**。廿世紀最偉大的心理學家佛洛依德，很早便發現宗教和「精神官能症」有許多相似之處。他甚至直言：廿世紀宗教是精神官能症者的宗教。讀宗薩仁波切寫的書，竟然也發現他對佛教廣為流傳的後果不持樂觀的態度，他說他不敢想像如果有一天，全人類皆成了佛

教徒，會是什麼模樣？但可以肯定的，不會是個更好的世界。

　　而現在台灣，卻就有些「夢魘成真」的味道。因為「一覺醒來，身邊人人智慧箴言朗朗上口，信手拈來機鋒處處，猶如大師開示般圓融無礙：公車沒搭上是「錯失因緣」，考場失利是「逆增上緣」，受人欺負是「遇到冤親債主」，事業失敗是「前世因果」，占到了別人的便宜是「活該他上輩子欠我的」，大難不死是「神佛保佑」，有人死在你旁邊卻是「因果前定，絲毫不爽」。滿心雜念是「煩惱即菩提」，毫無精進是「業障現前」，喜好吃喝放縱口慾卻是「酒肉穿腸過，佛在心中坐」；別人道場興盛是「末法時期，邪師說法」，自己道場沒落則是「正法不興，眾生愚癡」，法師身體不好，得了癌症更是「大慈大悲，揹了眾生太多業障」——真叫人懷疑，這時代還真的需要佛的教導嗎？簡直個個都是舌頭燒不爛的大菩薩了。

　　同時還有圍繞著「佛教／印度教／新時代」大概念的，不說「宗教信仰」的諸多「類身心靈」課程、僻靜工作坊，授課老師們高度競爭，網路上處處招生：奧修靜心、靈氣療癒、密教修持、拙火明點、內觀禪定、瑜珈氣功、合一賽斯、轉世古魯、回溯淨心、靈魂密碼、花精花語，外加催眠治療，前世今生。簡直是眼花繚亂，應有盡有，不但任君挑選，而且還包君滿意。

　　單單看出版市場被放在「身心靈／宗教／新時代／勵志心理」的書，有多紅火暢旺，琳琅滿目，就知道這是門多好的生意——光書就已火成這樣，遑論「開道場，聚信眾」了！？——

更叫人懷疑所謂修行，是不是就有如修理水管或做一道沙拉這麼簡單，買本書步驟一二三，看看照做就會？現在書出版不都強調有 SOP 嗎？有「know how」才是王道！

而在鬼神仙佛密度如此之高的台灣，理應靈恩普照，福德滿溢，人心平和，風調雨順，靈山聖水，福地洞天才對？有信徒在廚房裡不小心殺死了一隻蟑螂，便要向諸佛菩薩懺悔個老半天，而出門開車和對方小擦撞，卻可以和對方三年五載纏訟，非告死對方取得鉅額賠償不可。最近聽說一個例子是騎腳踏車互撞跌倒擦傷，淺淺皮肉傷，索賠也很乾脆，卅萬將近是人家近半年的薪水。一旦牽扯到錢，慈悲喜捨是個屁！

還有常年吃素的人，只要是遇見非我族類，便遮口摒息，滿臉嫌惡：「你們吃肉的人，身上都有一股臭味！你們自己難道都聞不到？動物屍體臨死前的痛苦怨恨會分泌出許多毒素，這些都被你吃進肚子裡了，你知道嗎？你不生病才怪！」同時是一臉我上天堂你活該下地獄的正氣凜然。吃素吃成了「意識型態」，而意識形態者的特色是：永遠都要給你一套道理。這，是佛教徒吃素的初衷？

更何況原始佛教徒（包括佛陀本人）根本也不吃素。

而個個「道場」大多還個個有獨特的「道場文化」，最令人傻眼的，比布施，比功德，比誰對上師比較好，比上師對誰比較好，對誰比較偏心，佛門清淨地活生生上演後宮甄嬛傳。道場號稱「道」場，卻凡人所在必有的貪嗔痴，一點也不比其

他團體多讓，甚至猶有過之。

　　菩薩會因為你打死一隻蟑螂而懲罰你？我沒有答案，但因為貪嗔痴，心將帶來地獄痛苦之火，這卻是千真萬確，無庸置疑。

　　而這點，要不是我身邊有這麼多「感恩」感個不完的佛教徒，我還真的不知道。

「菩薩會懲罰你」？

人到中年，彷彿一覺醒來，身邊全都是「學佛」之人。不由得人驚出一身冷汗。

又彷彿夢中聽見有人離去之前，回頭丟下一句：菩薩會懲罰你的！

更是叫人冷汗直流。宗教不是安慰人心嗎？菩薩不是在「施無畏」嗎？

醒來尋思良久。

「菩薩會懲罰你」這句話出自一位佛教徒之口，裡頭有文章。

意思可以有好幾層。

這話真正意思可以是：不必我來，菩薩自然會代替我處罰你。

為什麼要懲罰你，因為你對不起我。這裡有個「我」，大大的我。

可是翻遍佛經，只有菩薩慈悲渡人，似乎沒有「懲罰」人的記載。

佛陀教導的核心在於無常無我，緣起性空，善惡自作自受，因果業力便是宇宙人世運行的鐵律——何時跑出一個類似舊

約裡的「上帝」的菩薩，會生氣，會震怒，會懲罰？

其實佛教講的「無我」似乎高蹈其義，耶穌說原諒人七次不夠，七個七次還差不多。這就比較清楚了。

更深一層，除了警告，這句話更像是一句詛咒。

而學佛人士，何以口出如此「惡言」，而且還無端扯到了菩薩？

記得有個故事，有佛教徒曾向他的上師投訴抱怨，別人如何如何壞，佛菩薩為什麼不教訓他，也不見因果來報應。佛陀說的到底是不是真的，世上還有佛法嗎？

上師聽了，只淡淡地回答：學佛，只是用來要求自己的。一語道破今日台灣學佛者，或親近宗教者的普遍心理癥結——不自覺的罪惡感，和恐懼、空虛匱乏感。

不放過自己，當然也更不放過別人。

躲進宗教裡懺悔祈求神明放過自己，但，依然心裡仍不放過別人。

依然希望菩薩會去懲罰那個不如我意的人，這個對不起我的人。這個那個，是還有一個大大的「我」。

「菩薩會懲罰你！」的背後心理，似乎和央求／買通邪師作法降禍，相去並不遠。

而這句話在今日佛教徒的日常用語頻率上，穩居前三名。思之令人寒毛直豎。

而反過來說，一個宗教只是靠著鼓動信徒的罪惡感和恐懼，依賴人心理的弱點而存在而發展，與邪教何異？

　　很令人遺憾的，今日台灣有多少信徒是心懷對人生或死亡的恐懼踏進廟門？多少信眾身上背負對人世的歉疚和悔恨走入道場？宗教在他們生命裡究竟扮演著什麼樣的角色？救贖還是鴉片？

　　口口聲聲放下，其實一個也不放過，自己，別人。要不就如魯迅死前遺言：我一個都不原諒。至死不踏入宗教的門檻一步，倒是叫人佩服。

新鮮洛神與老人

　　早晨路過花蓮南濱市場，停車（腳踏車）之際發現路邊蹲坐著一白頭老者，面前一攤紅豔豔的大朵洛神。連忙趨前看個究竟，果然是未曝曬過的洛神，大可盈握，花瓣闔得恰恰好，包裹起一個約荷包大小的空間，陽光下泛著半透明紅寶石質地的油光。我忍不住問了價錢，老人帶著一股懨懨的神色，從嘴裏咕噥了一聲，我沒清楚，又問：一斤四……？多少？四千？

　　老人抬眼望了我一下，「四十啦。」我說：好，買一斤。心裡卻對「一斤洛神」到底有多少全無概念。

　　他隨手遞來一個紅白條紋塑膠袋：自己挑。我立刻陷入抉擇的困境。心想：每一朵都這麼美，怎麼挑呀……。他大約是看我選寶物似地一朵一朵拎進袋裡，不知要何時才能湊足一斤，嘴裡又咕噥著：「每一朵都是一樣的啦，都是才摘下來的……」，說著一隻大髒手就伸過來，隨便抓了一大把放進袋裡，往秤上一放，「夠了。」

　　我付了錢，轉頭就走，再也壓抑不住心中激動狂喜：「才四十元，而且這麼多！」而四千元才是我心中這袋洛神真正的價值吧？！我抱著一大袋紅寶石似地，幾乎是蹦跳著離開市

場，接著才意識到我是多麼「知識份子」。

張愛玲勸過所有男人應該都上菜市場看看，看看那些才採下的瓜果蔬菜不可思議的色澤。

她說：……看不到田園裡的茄子，到菜場上去看看也好──那麼複雜的，油潤的紫色；新綠的豌豆，熟豔的辣椒，金黃的麵筋，像太陽裡的肥皂泡。把菠菜洗過了，倒在油鍋裡，每每有一兩片碎葉子黏在篾簍底上，抖也抖不下來；迎著亮，翠生生的枝葉在竹片編成的方格子上招展著，使人聯想到扁豆花。其實又何必「聯想」呢？篾簍子的本身的美不就夠了麼？（張愛玲〈公寓生活記趣〉）

而我載著花蓮東海岸陽光孕育的紅寶石一路回家路上，腦海裡重新回味了張愛玲另一篇〈道路以目〉，同樣神奇的文章。

星期五崩壞

星期五傍晚，下班時分，你通常會在做什麼？

一般除非萬不得已，不會留在辦公室加班。

因此馬路上到處塞，塞，塞。人人一臉無奈與疲憊。

想起前一陣子被熱烈討論的一個國家的「快樂指數」——我要說看一個國家的人民快不快樂，就看**星期五下班**人民的心情，就看星期五下班捷運上乘客的表情。

想起 2000 年在哈佛醫學院就讀時，每到星期五下午的地鐵，總是氣氛一變，一片歡樂。月台上的街頭藝人表演得更賣力，而令人意外的是地鐵上的通勤族，許多人早已換了妝，穿上赴宴的正式晚禮服，有的則是化裝舞會的戲服，更有人抱著吉他坐在車廂地板上唱起歌，有人在一旁拍手唱和——這是辛苦了一週的星期五下午了，不是嗎？何不輕鬆一下，改換一下平日上班的心情？

這是一個快樂的國度在星期五下午的實況。

而台灣呢？而我呢？我總是在這個時候不自覺陷入茫然——

星期五下午，臨近下班時間，或是已經入夜，我離開辦公室，走向距離最近的地鐵站。

或是在街頭停下來，向路邊小攤買些日常生活並不太用到的東西。

或是走在路上會腳跟些微一頓，彷彿踢到了什麼，像踩在一個淺坑。

或是在車廂上歪頭靠著，雙眼泛出一抹失焦的茫然。

或是在座位上打開了書頁，但無論如何讀不進去。

或是已經到家了，丟下一身的包裹和疲累，鑽進冰箱猛灌進一瓶水，再把自己拋進沙發。

總有那麼一點時光，時間之流的進程並不那麼順暢，像激流中被拋進了一塊大石頭，水必須轉兜一下，才能繼續。

就在星期五下班時分，到處都是人潮，人人形色匆匆，心事重重。

似乎絕大多數人都在趕，趕赴飯局，趕晚上活動，趕回家。

站在人潮洄漩的地鐵站，我分明感受到這不是一個快樂的國度——

我不快樂，我周遭的人不快樂，我在地鐵上遇到的每一個人都不快樂，每一個星期五的下午……

這時我只是懶下來，分明覺得生命的速度放慢，是河流突然由峽谷進入平疇的那種慢。

慢到足以有個空間反思生命，在熙熙攘攘為利來往的擁擠行人當中，那永遠比我快上半步的節奏裡，我突然想停下來，停一下。

我居然可以真的停下來，讓腦袋一片空白。

　　三年前的某個星期五下午，哥哥打手機給我說爸爸在加護病房裡走了。

　　那時正是星期五的下午五點五十九分。

複製人睡前數的是複製羊嗎？
——關於電影《銀翼殺手》（*Blade Runner*）前世今生的八條隨想

1，

2017 年夏天某個陽光燦爛的下午，我從西門町高掛著《銀翼殺手 2049》（*Blade Runner 2049*）看板的戲院走出來，首次意識到寫下這篇文字的迫切性。

當時心緒之紛亂複雜，無能集中，竟然下筆的日程一拖再拖。直到 2019 年的春天，看過了號稱盡得《銀翼殺手》真髓的《攻壳機動隊》真人電影版（*Ghost in the shell*, 2017），而大失所望後，某日我從郵箱裡取出贈閱的某佛教月刊，竟然讀到一位法師為文關注「人工智慧」是否「可度」，是否「需要度」——登時我雙手顫抖，只覺氣衝腦門。我知道是我提筆的時候到了。

而且 2019 年，也正是當初電影《銀翼殺手》（*Blade Runner*, 1982）所描繪的人類未來世界的年代——而此時我們正要邁入那悲壯深邃的複製人故事的 11 月。

2,

　　而我們究竟度過了多少科幻小說／電影的預言過的時代？

　　大導演史丹利‧庫柏力克 1968 年的科幻史詩《2001 太空漫遊》（*2001: A Space Odyssey*）裡的星際旅行，並未在真實世界的 2001 年成真。

　　2003 年 4 月 7 日是原子小金剛（Atom）的生日，人類也並未製造出任何一個會說話並能飛翔的機器小孩。

　　而橫空出世的電影《銀翼殺手》裡，原本就要只能活四年的複製人在 2019 年從外星逃回地球，四處尋求延長生命的解藥……。

　　而今年正是人類追殺這些叛逃複製人的時候。

3,

　　早在《銀翼殺手》推出後的 35 年，將故事設定發生於 2049 年的「續集」問世之前，我在 2010 年的上海的某個私人藝廊的一個以「書」為主題的展覽中，首次聽到「圖靈」（Turing）這個名字，以及現場展示的一架藝術家想像中的「圖靈機」。

　　圖靈是誰？他的傳記電影《模仿遊戲》（*The Imitation Game*）遲至 2014 年才上映。艾倫‧麥席森‧圖靈（Alan Mathison Turing, 1912-1954）算是現代計算機之父，電腦界的諾貝爾「圖靈獎」便是以他命名。當時在上海只懵然聽過這個名字，誰能

預料，1982 年《銀翼殺手》裡用來測試辨認複製人的 The Voight-Kampff test，便是脫胎於圖靈生前提出的「圖靈測試」（Turing test）──一種用來測試「人工智慧」是否擁有人類意識的方法。那時還是 1950 年，現代意義的「電腦」根本還沒問世，遑論今日蔚為顯學的人工智慧。圖靈的思想超前當代有多遠？

而圖靈於 1954 年因同性戀罪名被迫施打雌性荷爾蒙，一年後自殺。當時的英國同一條法律曾經摧毀了另一個天才王爾德。圖靈的屍體旁發現了一顆咬了一口的浸過氰化鉀的蘋果，而這個意象藉屍還魂為今日無所不在的蘋果電腦手機商標，一顆咬了一口的蘋果。

而今日的三星手機的作業系統安卓（Android）名稱來自電影《銀翼殺手》及原著中的「仿生人」。其下「Nexus」電子產品系列之名，也來自電影裡背叛人類的複製人型號「Nexus-6」。

我們從何時起生活在「圖靈」和《銀翼殺手》的世界裡而渾然不覺？

4，

而我永遠無法忘懷當年我大三在戲院裏被《銀翼殺手》深深震撼靈魂的經驗。複製人頭子洛伊（魯格・豪爾飾）最終救起了追殺他的賞金獵人戴克（哈里遜・福特飾），並在生命「到

期」之前誦出了一段極其詩意的句子：

「我曾見過人類無法想像的美，我眼見太空戰艦在獵戶星座旁熊熊燃燒，注視 C 射線在天國之門的黑暗裡閃耀，而所有過往的片刻都將消失於時光之流裡，如同淚水消失在雨中……死亡的時刻，到了。」

我至今仍無法理解當時這段獨白帶給我的悸動。乍看近似威廉・布雷克（William Blake）的句子，但其實不是。

直到最近才在網路上得知，這段電影中原創的詩句被尊稱為「電影史上最傑出的獨白」。

5，

而我在 2016 年赴愛荷華國際作家寫作計劃時，終於有機會在圖書館裡把《銀翼殺手》的原著，菲利普・狄克（Philip Kindred Dick, 1928-1982）的英文小說《複製人會夢想擁有電子羊嗎？》（*Do Androids Dream of Electric Sheep?*）老老實實讀過一遍。故事描述的未來世界荒涼絕望，真正的動物跡近滅絕，人類飼養的寵物都是複製的，而且人類大量移民火星，留下的只能以「共感箱」和「情緒機」得到慰藉。這些末日元素並未在電影中真正呈現，只有其原創的在智能、體能、情緒和感性上幾乎和人類一模一樣的複製人，和他們被人類追殺的情節，被電影採用。

當時不能理解的是，每當我在愛荷華校園活動裡提及菲利

普‧狄克這個名字時，多數美國作家總是一臉的莫名茫然，或是若有難言之隱地尷尬苦笑。後來才逐漸明白菲利普‧狄克除了科幻，更廣為人知的是他的精神分裂、被迫害妄想以及使用毒品。用藥使他可以不眠不休以驚人的速度持續寫作，精神分裂使他失去了日常現實感，「究竟什麼才是『真實』？」成了他作品中最常出現的主題。

　　原著和電影相差甚遠，神似之處在於追捕複製人的男主角在殺人過程中產生的心理變化，以及「我是否也是複製人？」的自我懷疑。原著中傾向於否定，而電影中傾向於肯定。據說導演雷利‧史考特並不熟悉原著，其在電影中的種種原創和生死思考，源自於他之前的喪兄之痛。由於種種因素，《銀翼殺手》在 1982 年初上映時剪了五種不同的版本，因此留下了爭議。但在《銀翼殺手 2049》這部卅五年後的續集裡，則已經完全肯定主角戴克是複製人，而且還和女複製人瑞秋（西恩‧楊）生下了複製人後代。

6，

　　整體來說，我對原著是失望的。我甚至懷疑作者在創作這個故事時腦袋是清醒的，創作的態度是嚴肅的。我甚至可以確定絕大多數電影版的引人入勝之處，大多來自編劇和導演雷利‧史考特，以及圖靈這位傳奇天才。由於複製人和真人幾乎一模一樣，書中男主人翁有時在殺掉複製人（電影中稱之為「退役」）時，都還沒能確定對方的複製人身分，這樣的「隨意殺

人」心態令人髮指。同時未來人類普遍信奉某種近似邪教的「大師」，讀來更令人不安。而書中出現可以任意改換調整心情的「箱子」，更暗指作者本身的用藥經驗。最有趣而原創的是未來由於自然生態崩解，複製生技進步，大部分的動物都是人類複製的，真實的生物變得十分稀少且價錢昂貴。這點倒十分完整反映在電情劇情裡。

曾幾何時，生前並未受重視的菲利普・狄克的小說在他死後，成了好萊塢最熱門搶手的改編材料，和他生前備受冷落形成強烈對比。但在近十部改編自他小說的好萊塢電影中，沒有一部成就比得上空前絕後、橫空出世的《銀翼殺手》。

而菲利普・狄克在電影上映前四個月與世長辭。

7，

電影裡賦與複製人前所未有的心理深度、高智商、複雜情緒，以及和人類幾乎完全相同的恐懼與渴望。複製人由於被製成時已是成人，因此需要被「植入記憶」，並且人手一疊童年相片。「植入記憶」意外成了續集電影的劇情主軸。而這已不是科幻電影和佛教思想首次掛勾，《駭客任務》（*The Matrix*）故事全發生在人類「意識」所投射的虛擬世界裡，無異「一切有為法，如夢幻泡影」的如實演繹，而人類及複製人皆必須依賴「過去心」而活下去，也為人類意識的「心相續」特質做了最佳的詮釋。

8,

大前年在某醫院的核磁醫學中心做健康體檢,意外和中心主任聊起《銀翼殺手》。這位年輕醫生起碼小我十歲,但在提起這部電影時,不同世代的我們兩人臉上竟同時露出同等虔敬的神色。毫無疑問《銀翼殺手》都是我們心中無可取代的「科幻聖經」。

「你知道洛伊死前唸的那首詩典出何處?」我問。

他也立即打開電腦上網埋頭查詢。

網路上無數個《銀翼殺手》相關的網站和連結,分屬不同的語言、國家、地區、年齡層和族群。

我因此知道這世界存在著許許多多互不相識的像我們這樣的「銀翼殺手迷」。而續集出現的卅五年後,這部電影也還將持續改變著這個世界。

甚至因此我還知道了一個被《銀翼殺手》充分定義的名詞叫「賽博龐克」(Cyberpunk),又稱「後現代主義科幻體裁」,內容以人工智慧、虛擬實境、複製科技等為主。這些主導未來的生活內容,無可避免地全部被吸納進這荒涼而殘破的孤絕背景裡——

「我是誰?人是什麼?我從何處來,要往何處去?」

只要我們內心這樣追問的聲音不曾稍止,《銀翼殺手》便將要繼續引導我們進入下一個世代。

以及下下一個。

2019 年 4 月 12 日

非人三則

一、滷包

在朋友經營的咖啡店裡用餐時遇見一隻「店貓」，名叫滷包。

一隻貓卻取了狗的名字，顧名思義，是一隻性格頗為大刺刺，並意外地與人親近的貓。經常在眾人的腳邊磨蹭而過。

大家邊吃魚邊討論滷包。直到整條魚幾乎被肢解殆盡，一旁滷包才發現我們人類正在大啖牠的美食。立刻激動起來要跳上桌，主人大笑著一把抱起滷包，其他人趕緊收拾殘局，不留下半點證據。

有人開始抱怨現在的貓不抓老鼠。

有人睜大眼反駁：你沒有見過貓玩老鼠？

是的，沒有。大部分人沒有。

「貓抓到老鼠之後並不馬上吃掉，會在你面前玩給你看，好像一種炫耀；待老鼠被玩死了再肢解……」有人表情嚴肅。

老鼠可以被肢解成地板上一大片屍骸。

「但真正吃下肚的時候，從來不讓人看見……」有人補充。

另一個人接著說：「但我聽過貓在櫥櫃底下吃老鼠，會刻

意咬出聲音來，停歇一陣，再咬出聲音，類似啃骨頭的聲響……，當然是故意的，也是一種炫耀。」

大家聽得胃中一陣翻攪。

而滷包躺在主人懷中，肚皮朝天，一臉無辜樣。

主人放他下來，他也沒事一樣另尋打盹的地點去了。

「我們滷包不一樣的啦，」主人表情複雜：他是一隻高貴又好心腸的貓。

大家共同望著滷包肥胖的身影離去，我好不容易嚥下那個貓吃掉主人屍體的故事，不禁這樣暗自希望：

將來貓也能進化出一點狗的性格來。

二、人揹豬

群組裡有人發來一段令人困惑的影片。

背景大約是中國大陸南方的山區，有一位原住民模樣的黑衣男子，正百般嘗試，將一隻約和人等身大小的豬，揹下山去。而豬也毫無抵抗，沒有半點掙扎地任由主人抓著蹄子又蹲又扛，變換著各種方式。

從小聽說就算沒吃過豬肉，也該見過豬走路。但還真的還沒見過人揹著豬走路。

那是一隻方頭大耳，被飼養得頗為肥壯的黑毛豬，我幾乎可以確定，當他的主人百般嘗試要將他揹起來時，鏡頭前他眼睛瞇成一縫的肥臉，是帶著一抹貨真價實的微笑的。

　　我為這看似荒謬的愚行困惑不已，回問組友：那人揹豬下山幹嘛？

　　吃呀。對方簡單回答。

　　當然。當然是要吃牠──我猛然醒悟過來。當然。

　　而豬是永遠無知於人生的下一步的生物。

　　因此人類援引動物做比方時，往往離不開豬。佛教大師們最喜歡拿豬和牛來解釋因果業力。牛將被送去屠宰時，會流淚，但不知脫逃。

　　而豬剛好相反，一有任何脫逃人類掌控的機會便狂奔亂竄，但至死不知自己將被屠宰。

　　邱吉爾曾說：狗討好人，貓輕蔑人，只有豬平等地對待人。

　　想到這裡，不禁為豬抱屈：身為同樣矇昧於未知命運的人類，是不是應該對豬多一點好感？

三、一隻站著睡覺的狗

　　「你沒有見過會站著睡覺的狗？」士官長問。

　　隔著距離當兵這麼多年，我仍然記得那張臉，如此清晰。

　　老實說，那不是一張難看的，惡人的臉孔。不認得的人乍看他，大多還認為那臉還算端正，忠實。並不嬉皮笑臉，或帶著邪氣。

　　「狗會學會站著睡覺，不是沒有原因的……」他深吸一口煙，又重重吐出。

　　那年他輪調部隊伙房，廚房的管理單純，大部分時間他沒事，成天和採買蹲在鍋爐一角聊天打屁，抽煙打牌，甚至小酌幾杯。

　　但那天他記得他是份外清醒的，他半滴酒精也沒有沾。

　　那天他只是盯看著那群常來營區裡流連覓食的野狗，而且特別盯上了其中的一隻。

　　「我只覺得其中有一隻狗特別礙眼，古怪，琢磨了半天，終於被我發現了原因，」他雙眼突然發亮起來。

　　原來是那隻狗的尾巴特別長。

　　於是他夥同採買，從廚房抄來了一把長刀，藏在身後，從鍋裡拿些食物，誘來了那隻狗，趁他低頭大嚼的時候，採買一把將狗的頭牢牢按在地上，而他——他還伸手在狗尾巴上先量好了一個他自認為的適當長度——才舉起大刀劈砍而下，一下剁掉了他認為是多餘的尾巴。

　　狗登時大叫一聲，奮力掙脫了兩人的壓制，拖著地上一條長長的血跡，剎時逃得不見蹤影。

　　他和採買兩人在營區裡搜尋了半天，都沒有發現那隻狗，以為是從此嚇著了不敢再踏入營區，當然也有可能掛了死在某處也未可知，誰知幾天之後，小兵在整理補給品時，赫然在倉庫一角發現了那隻狗。

　　「尾巴的傷口已經好了，但躺著尾巴的切口會碰到地面，應該還是會痛，所以那隻狗倒也聰明，在倉庫裡找到了一隻立著的長統軍靴，就把頭擱在統子上，居然也可以站著睡覺……」

他看似輕鬆地一口氣講完了這個故事。

表情並沒有特別得意或如釋重負的感覺。只是認認真真地講完，並確定我都聽到了，並同意這世界上真的存在著一隻能站著睡覺的狗。

我完全相信他說的話。真的有這樣一隻後來便都一直站著睡覺的狗。

一如這麼多年來，我始終記得說著這故事的那張臉。

那真的，真的不是一張看得出來的惡人的臉。

2017 年 3 月 29 日

文學獎沉淪記

　　身為被視作「文學獎出身」的作家，數十載過去，從參賽者搖身變成文學獎評審，重新閱讀那一篇篇想要擠進榜單的稿子，心中是不無感觸的……

　　從一九七〇大學時代開始得獎，從台灣「兩大報」時代，到解嚴，到媒體林立，到政黨輪替，到私媒體興起，「文學獎」的光環逐日黯淡，重要性一階階走的是下坡路。一九八〇年代我正在國內各文學獎斬獲新詩獎項時，只要是副刊放上你一張人頭照，立刻人盡皆知，在校園走路有風，出版社爭相簽約出書。而反觀今日，有人得遍台灣大大小小從全國到地方的文學獎項，卻還是一副垂頭喪氣的模樣，絲毫不見敲開「文壇大門」的喜悅和自信。還有更不堪的，因為文學獎「解放」之後品項實在繁多，竟然有人是以得文學獎來養家活口的……

　　而前一陣子收到某個詩獎決審的稿子，一邊閱讀也一邊正好讀到約瑟夫·布羅茨基的《悲傷與理智》。他說：「**一個人讀詩越多，他就越難容忍各式各樣的冗長，無論是在政治或哲學話語中，還是在歷史、社會學科或小說藝術中。散文中的好風格，從來都是詩歌語彙之精確、速度和密度的人質。作為墓誌銘和警句的孩子，詩歌是充滿想像的，是通向**

144

任何一個可想像之物的捷徑，對於散文而言，詩歌是一個偉大的訓導者。」——讀著這段文字我當時幾乎要哭了出來。

因為一次又一次，面對參加文學獎（已經是決選了）題材內容重複、毫無真實的感動、只想拼命炫技得獎的稿子，我感到錐心的難堪和深深的疑惑：這些參賽者心中的「詩」的概念，究竟是如何建構出來的？

當初的「靈感」和「構思」又如何能催動他落筆？

如何以為這樣的作品叫做「現代詩」——如果是詩，怎會不察覺它讀來如此冗長、無趣、沈悶、粗笨，如何能這樣的「不詩」？

孤陋如我原以為詩應該是各種文體中的頂級葡萄酒，而此刻我手中拿到的詩稿卻是各種粗成的葡萄汁——兩者是不能擺放在同一個架上的。

城府深一點的作品則變成「濃縮」葡萄汁，更難以下嚥。

是的，誠如鄭愁予所言：「這時代一如旅人的夢是無驚喜的。」而在閱讀大部分現下台灣文學獎項的詩稿時，感覺真的就是這樣，毫無詩的閱讀驚喜，甚至如夢魘一般，邊讀邊愈發焦慮困惑：為什麼這位作者會以為他寫的是「詩」？他對於「詩意」的界定和內容和遊戲規則是經由怎樣的嚴肅閱讀和課堂教育和聆聽演講和閱讀文學雜誌和文學同儕切磋交流而得到的一個「如何寫成一首好詩」或「如何寫一首在文學獎中容易得獎的詩」的印象？

退個一萬步問：這位作者平時寫詩嗎？——如果不是為了

參加文學獎……

我甚至滿懷愧疚：可是我們這些「前輩詩人」做過了什麼**錯誤示範**？——

總而言之，評審會議總會圓滿落幕，獎總會順利頒出去，但結束之後感覺又一次令人氣餒的閱讀歷程，更憂心台灣現代詩的未來不知在哪裡。

如果詩是靈性的舞蹈，我只在所有文學獎的參賽作品裡看到作者在展示肌肉，以及肌肉用力時作者臉上猙獰的表情。

這樣的表情看多了以後，我可以確定，它從來不會出現在繆思女神的臉上。

2018 年 9 月 12 日

藏寶藏

　　大學某一年我們同班同學決定夜遊一座荒山，並玩一個「藏寶藏」的遊戲。那時還年輕，有體力，有心思搞一些有的沒有的。

　　那晚我們各自帶來自己的「寶藏」——我的是一個用了多年嗑了一角的馬克杯，以及一張寫滿了心願的紙條，和自己的姓名、住址、日期。

　　「這根本是『時空膠囊』的概念嘛⋯⋯」有人說。

　　午夜十二點集合，當我們手持手電筒爬上山腰時已經近三點了。我們決定休息。隨便找個路邊草叢平整處坐下。之後，我們覺得路程比我們原先想像的艱難而且長，而且和白天來的時候感覺完全不一樣；而且眼看就要天亮了，眾人體力已經耗盡，便決定就近藏下我們的寶貝。

　　幾個體力好的男生開始用帶來的圓鍬挖地。堅硬的多石礫的黃泥地，已經被多年來過往的登山客的腳步踏得死硬。

　　黑暗中只聽見金屬與泥石相互敲擊的旗鼓相當的金石聲。很快才不過兩三呎深，就有人直喊著要放棄。

　　才決定要停止再挖，有人倒大叫起來！

　　「等一下，看，地下有個東西⋯⋯」

147

大家一時精神提振起來，攏圍成一圈湊近來看。

是個盒子。

終於這盒子被七手八腳挖起來。

是個某知名咖啡連鎖店的禮品紙盒。當然已經是舊款，竟然外觀上仍然完好。

「要打開嗎？」有人問。

沒有人反對。

裡面是 5、6 件個人小物件：帽子、首飾、小筆記本、拖鞋和一件布滿褶痕的背心。

以及各自別上的心願紙條：姓名、住址、日期。

「看來我們是挖到別人的『寶藏』了。」有人小心翼翼地低聲說 。

不知為何那聲音聽起來有些顫抖。

我隨意看了其中一片紙條，上頭的日期赫然已經是十五年前。

「當初這些藏寶人現在不知怎麼樣了…，他們的心願都已經實現了嗎？」

我默默地想。

想必大家心裡都有同樣的疑問。

最後大家決定將這個盒子埋回去，而我們的心願寶藏也裝進一個袋子裡就埋在盒子旁邊。

將土填回去後，大家將原地踩平，直到外觀上一點也看不出來為止。

之後大家便拍拍衣服整裝起程下山了。

夜裡的山林出奇靜穆，只聽得大家行走的窸窸窣窣的腳步聲。

誰能想到這麼大的一個地球竟然有兩組人的「寶藏」，竟然埋在同一個地點？

我們一邊下山一邊聊著天，大多數人心裡其實想的是：以後再也不玩這種半夜藏寶的遊戲了。

但表面上只是大聲談笑：真的要趕緊去買彩券了，竟然挖到十五年前人家的寶藏！

下到山腳天際已微微泛出魚肚白。

大家一哄而散，各自回家蒙頭大睡。

從此我們這群朋友沒有再像這樣子聚過。

一張卡片之有你眞好

近日因為作品需要用到一些材料，經常光顧一家二手用品店。

店內各種日用品種類繁多，物美價廉，許多根本是全新從未用過，價錢也大約只有原來的兩折，因此吸引不少人前來淘寶。

一日我在文具區發現一張卡片，外包裝的玻璃紙完好，是淡紫色亮片加織繡的布面花草圖案，翻過背面，是著名的 Jean Card & Gift 公司出品。依我的經驗，如此精緻的卡片上網買至少也要上百元，而在這家店，標價不到十元。

我立刻毫不猶豫買下。

回到家拆開外包裝，果然是一張精美無比的萬用卡，上頭還有一行英文小字寫著「獻上我最誠摯的祝福」，而層層織繡加亮片形成特別的浮凸立體效果，更令人驚豔，愛不釋手。

誰知打開卡片，一張等尺寸的方形白色小紙片飄落下來，打開來，竟是一封情書。

沒有抬頭，不知是寫給誰的，字體蠅小，排列整齊，用的是極細的黑色簽字筆，清秀中帶些稚拙的趣味；從字裡行間推敲，應該是位就讀大學的男生，寫給某位女生的生日賀卡。

　　我一面讀一面窺人秘密般驚喜加罪疚，一面自問：這年頭還有年輕人寫情書？在這一切虛擬又無紙化的 3C 時代？這也太令人嘖嘖稱奇了⋯⋯哈。

　　這裡容我不道德地引用一個小片段：

「卡片太美，我字太醜
　所以捨不得寫卡片」

　　開宗明義，說明了為什麼卡中有卡，文字為何不直接寫在卡片上。

　　祝福完生日之後，接著竟然出現了詩一般的句子：

我們都是花瓣⋯⋯
隨風飄散，然後哪日裡
對著同樣的日月再度綻放⋯⋯

　　身為詩人，還是被眼下如此鐵錚錚的詩的實用性價值所深深撼動。誰說學國文，文學無用？在純文學創作品質如江河日下，純文學出版呈日薄西山的廿一世紀台灣，當下的我仍被這封年輕人的小小文筆所大大激勵。

　　有人說：寫詩也是一種人體生理作用，詩原是大腦的精華分泌物⋯⋯需要定期排泄⋯⋯。

　　而此時的我面對這封情書，也只能認同得無以復加。「嘴

唇只有在不能接吻的時候才會唱歌。」

也只有在熱烈等待一個吻的時候,才能有如此華美燦爛的詩的演練與展示!

最後一句:有你真好。

文末沒有署名,顯然知名不具。

沒有日期年月,所以不知是多久前的事。

但,有你真好。

果真動人的神來一筆。

我在渾身雞皮疙瘩中想起艾爾頓·強的那首千古不敗抒情經典:"Your Song"。

兩者著實有異曲同工之妙。

而這樣一張情深意重的賀卡,竟然最終淪落到二手廢品店,最後再輾轉流入我手中。當初的女主人在決定把這張卡片送走時,顯然沒有太多猶豫,還竟然忘了把其中的情書抽起來。

這張文情並茂的卡片並沒有打動她的心。

可是,千里之外,這張白紙黑字,一點也不虛擬,絲毫不追求速度,一筆一劃,以一顆年輕的詩心完成的卡片,深深打動了我。

2020 年 3 月 1 日

七里香

　　從不知道路旁那一大片空地做什麼用。

　　似乎有記憶以來它就存在那裡，被一排高過人頭的灌木叢密密圍住，難以一窺堂奧。

　　而那一排綠樹身處市廛，滾滾沙塵，經年累月底灰頭土臉，印象中似乎只短暫開過幾次喪氣而襤褸的小白花──似乎少有人注意到，它原是名字極富詩意的「七里香」。

　　是的，就是上世紀八〇年代出版極暢銷的詩集，席慕容的《七里香》的那個七里香。

　　今年或許是自聖嬰以來難得的四季分明，溽暑一過，歲入中秋，幾場過門而不入的颱風外圍環流掃過，之後天氣便是貨真價實的秋了。

　　而中秋的次日赫然飄起了斜風細雨，雨斷斷續續下到入夜，當我來到七里香外的人行道等公車，雨才稍稍歇停了一下。此時一陣陣七里香花香撲鼻而來，我心頭一驚猛一回頭，卻見那排被我日日經過卻視而不見的七里香，不知何時已經盛開，一蓬又一蓬白色星芒狀小花綴滿那堵墨綠色高牆，每朵都飽嗛著新鮮的雨水。

　　我不禁驅前俯身輕嗅，果然是沁入肺腑的清香，我不禁將

鼻尖埋入了花欉，貪婪地猛吸一陣，也不知過了多久，才意識到我正站在人來人往的人行道上。

連忙恢復了等公車的路人形象，也才發現我似乎是惟一一個為這七里花香陶醉的人。周圍的人不是焦灼地等車，便是低頭匆匆行過，甚至嫌這裡的空氣髒，有人還戴著口罩。

「這是多麼習慣了煮鶴焚琴的時代呵……」我想。

七里香又名九里香、十里香、千里香、萬里香。由古人的命名，可見其香氣濃郁熾烈，不必借風使力，自可飄至遠處，被遙遠的鼻子嗅見。在某一個雨後的夜晚，應該真的可遠播七里、八里、九里、十里。

古時的空氣，古時的人心，古時的人的鼻子，可能真的聞得到七里、八里、九里、十里之外的花香。

如果心夠靜，意識夠清明，千萬里外的花開花落，也必能了然於心罷？

只是現在的我們早已喪失這樣的能力，即使在這樣一個月明如水的良夜，人立在七里香盛放的路邊，也只能心神渙散，心煩意亂，呼吸急促，唇乾舌燥。別說萬里外的花開花落，就連那近在咫尺的七里花香，也要輕易錯過……

這唾手可得的幸福呵……

誰說這個科技文明昌盛的時代，不是一個福薄、澆薄、輕薄的世代？

2019 年 9 月 16 日

在二手店

一

遠遠看見店外新添的招牌：*經濟又環保，萬物皆可賣。*

幾個斗大的字高高貼在店的二樓外牆。

不知為什麼，後一句讀來有些怵目驚心。萬物皆可賣——那我的人呢？我的心呢？我的靈魂呢？（如果有）

親情、友情、人格、誠信

皆可賣？

二

走進店裡，隨手抓了一些作品需要的廉價首飾。一旁一位中年太太，斜眼看了下我的購物籃，又看了我一眼。

是好奇我買了什麼？

一個大男生為何需要這麼多舊首飾？——

還是她真的不知道自己需要什麼？要在這裡買什麼？

三

　　遇見一個在跳蚤市集擺攤的朋友。

　　他有些不好意思地和我打招呼，說：你也來這裡？——意思彷彿是說，依你的身分地位，似乎不應該在這二手店出現。

　　而我只想告訴他，我今年的年度心願是，所有的生活必需品都是來自二手店。目前家裡的鍋碗瓢盆、小家電、書、工具、櫥櫃，都是。不但物美價廉，也看不出是使用過的舊貨。朋友來家做客還直誇我家溫馨。

　　可見這「器世間」的選擇，需要的不是名牌和金錢，而是眼光。

四

　　遇見我偶爾光顧的按摩店老闆，他也驚訝在這二手店遇見我。

　　他解釋他的母親最近過世，家裡外傭要回去，他來買些禮物送別。

　　面對滿坑滿谷的包包、首飾、圍巾、化妝保養品，他面露抉擇的艱難。何況是男人挑女人的東西。

　　好不容易挑中了一串項鍊，又指著上頭的十字架裝飾，自言自語：「不行，人家是不吃豬肉的……」

　　我在一旁則有些心酸，曾幾何時，身為老闆，也必須到二手店買禮物？

五

兩個三十來歲，皮膚曬得極黑的年輕人之間的對話：

「你也來這裡？」

「對呀，最近的店收了，白天沒有地方可以去，你呢？」

「我也是呀……沒有工作一陣子了，這裡是我今天的第三站，第一站是市區好多賣場，然後是光復路那間二手書店，冷氣還不錯，人也不太多……」

「是喔，我都先去另一家書店，比光復路那家空間更大，人更少……」

兩個人邊聊邊摘下運動眼鏡。

這下我才注意到他們倆都一身自行車運動勁裝：黑色緊身排汗衣褲、球鞋、電鍍彩衣太陽眼鏡。

原來，他們今天出門對家人的說詞極可能是：「今天休假去騎腳踏車……」

在二手店，這標準的自行車裝，極有可能就是「失業裝」。我想。

六

而我，身為寫作的人，最不能容忍的便是重複。

不說別人。重複自己，抄襲自己，都是最不能原諒的事。

而面對人類濫造的物質世界，我惟一能抵禦的方式，就是使用二手貨。

我惟一要求一手的，只有自己的作品。

不可思議的一天

老家小表弟上臺北來，星期五晚上約了吃飯。

他事先 Line 我，問可否順便在我家借宿一宿。我略為遲疑了一下，答應了。

第二天一早，週六，我進辦公室，出門前回頭看一下，他還躺在客房床上，正在熟睡，心想讓他多睡一點也好，昨晚好像也聽他說這週末沒有事。

忙到中午，氣溫陡昇，天氣暴熱，我才想起下午還有兩個朋友的畫展開幕，已經都答應要去，連忙頂著大太陽，趕回家洗澡更衣。

誰知到了家門口，掏出鑰匙卻打不開門，門似乎從裡頭被反鎖。

「怎麼回事？」我心想：是他出門了把門帶上，裡頭鎖還是反鎖的？還是他起床把門鎖上，之後又睡？

因為我出門時並沒有鎖門呀。

我按了電鈴又拍了門，但毫無動靜。

我接著又按又拍了好一陣子，仍然沒有動靜，我懷疑他是睡死了。

於是想到打室內電話，掏出手機，赫然沒電。

　　想起我的綁門號有 SIM 卡的 iPad 有他的 Line，可以直接通話，趕緊掏出 iPad，一看，赫然不知何時 Line 被登出了，不能用。

　　我這才發現我竟然沒有他的手機號，平常就只用 Line 聯絡。

　　不得已去找大廈管理員，兩人試著重新登入 Line，因為我的手機沒電，只好把驗證碼傳至管理員的手機，再登入，赫然也行不通。

　　只好請管理員打電話找鎖匠。鎖匠那頭說十分鐘左右到。

　　我滿頭大汗回到家門口等鎖匠，心想沒事，再按門鈴試試，這時門竟然開了，小表弟一臉惺忪地站在門口，氣急敗壞的我破口大罵：哪有人睡到中午還不起床？是豬嗎？我電鈴按到快壞掉⋯⋯

　　這時鎖匠卻出現了，我只好付了兩百塊請他走。

　　之後匆匆沖完澡，決定出門前一定要把 Line 修好。手機才充電至 1%，立即傳驗證碼，試了幾次依然登不進去。

　　咒天咒地一番之後，突然心生一計，上 App store 重新安裝一次 Line，果然這次在設定新密碼後成功登入了，可是舊資料必須重新下載，一念之間，手指輕輕一觸，Line 開始發瘋了似的，將所有不知多久以前的所有好友對話和貼圖又重新跑了一遍，我想停也停不下來，時間分秒過去，當它終於叮叮咚咚跑完，已經過了中飯時間，我只好飯也沒吃，匆匆忙忙出門跳上計程車，趕往第一個展覽場地。

　　沒料到原來口氣有十足把握的司機，竟然開過了頭，害我下車走回頭路，中途買了一個刈包果腹，結果卻比開幕時間早到，還沒有一個藝術家到場，我連忙簽了名，跳上另一部計程車，趕往另一家藝廊。

　　結果週六下午兩點多，車子卻反常地塞在往市區的高架橋上，眼看對面車道幾乎沒有車子經過，心想又不是上下班時間，怎麼會塞到動彈不得？車子蝸行許久，才經過一位搖著黃色旗子對著我微笑的工人——原來大馬路上竟然白天在施工！

　　好不容易到了第二家藝廊，時間正好，觀眾卻小貓兩三隻，但就是有一個大腕型的男人一直巴著藝術家朋友說話，連打個招呼的空檔也不給我，我作品連看了好幾圈了，他們話還沒講完，我只好簽名走人。

　　而下午四點和朋友約在某捷運站見面，晚上要一起吃飯，還剩下大約一個小時的時間，說長不長說短不短，不知如何打發，走著走著，發現一家按腳的店，便決定進去試試。時間算算，按完剛好趕上赴約。

　　誰知道按完腳才走到街上，正想找找位於附近的捷運站，突然間傾盆大雨，路上行人躲避不及，很多人淋了一身溼，我困在騎樓，眼看時間就要到了，只好又跳上計程車，直接趕去那個捷運站。

　　怪的是車子才開過兩條街，雨赫然就停了，陽光又恢復普照，連柏油路面也是乾的，而司機此時竟然回過頭來，笑著問我：「請問你要去的捷運站是在青島東路上嗎？」

　　原來他竟然不知道我要去的捷運站在哪裡。

　　我只好讓司機開到捷運站附近的路邊放我下來，心想我直接用走的怕還比較快。

　　當我終於氣喘吁吁，又渾身溼答答地出現在朋友面前，已經遲到近廿分鐘，朋友一臉驚愕：你怎麼了？

　　我在捷運上詳細訴說了自己今天一天不可思議的遭遇，朋友只是開大了嘴，一臉不能置信。

　　「沒有關係，」他試圖安慰我：「今天我要帶你吃一家很特殊的餐廳，在五十層樓上，可以俯瞰整個台北市夜景，buffet 的菜又好吃，還有現切的黑鮪魚唷…」

　　有這麼好的餐廳？我心想：我怎麼聽都沒有聽說過⋯⋯

　　當我們來到位於新北市某捷運站附近三鐵共構的一棟大樓的五十樓，發現果然餐廳四面皆是落地窗，窗外市景一覽無遺。

　　我們終於心情愉快地坐定，稍微喘一口氣，正待去取食，突然背後有人叫了一聲我的名字，我回頭一看，差點沒有立即暈厥過去——竟然是我同事全家，就坐在隔壁桌，幾乎和我背貼著背。

　　我心中一慘，臉部表情應該是已經快要哭出來，一旁朋友連忙又安慰說：「沒關係，沒關係——這餐廳我來過，空間夠大，講話無論有多大聲，隔壁桌都聽不到⋯⋯」

　　　　　　　　　　　　　　　　　　　　2019 年 9 月 9 日

鬼域之冬

冬不冬。

清晨時分的冬，卻是可以肯定的。

陽光像被凍住，天地昏冥，寒氣刺骨。

直到日上三竿。陽光斜照，地上的影子拖過地面，漸漸愈行愈短。這才身體逐漸回暖——但隨及轉為躁熱，仿佛太陽裡藏著毒。紫外線吧。過了一個臨界值，就是貨真價實的夏。正午就是。

熱中還飄有一絲燒灼味兒。

但過午雲就堆上來了，速度極快，藍天轉眼消失大半，天色成了或深或淺的灰，就在眼前暗下，風吹起來涼涼的，溼涼，陰涼，簡直像是地獄裡吹出來——但正午的熱不肯這麼快退讓，猶鬥爭一番，直到你下班，直到你回到家，一進門還滿室熱烘烘，你有一瞬猶豫要不要開冷氣，但想想天就要全黑了，就算了。

吃點東西，再赤腳踏過地板去洗澡，瓷磚卻就已經涼涼的了。

才有睡意便又喝了杯熱飲，想暖暖身子。

關門窗時摸了一下玻璃，會刺手，冰鎮。

回到被窩，被裡被面全都是涼的，又溼，除了開暖氣，還

盤算要有個烘被機。

　　脫了上身 T 恤，換上包頸束腕的刷毛 sweater──單看字面，就是汗淋淋的，但暖。

　　屋內除濕還是一天兩大桶水，和夏天完全一樣。

　　白天走在路上，完全精神混亂──有人是一整套冬天正式裝備，中規中矩，典型「顧得了節氣顧不了天氣」的穿法，再冷再熱就都那一套。

　　有人「洋蔥式穿法」，熱了一層一層把脫下的全綁腰上。

　　有人瘋了似的，不管這麼熱，毛帽加圍巾加馬靴，像下雪零下。但同時，他身邊還有人 T 恤短褲夾腳拖。兩人近在咫尺，相互對望，毫無表情。

　　更怪的穿法是上半身羽絨夾克，下半身短褲，露出大半截毛毛粗壯陽光烤黑的小腿。

　　這樣一群像天南地北的人坐飛機來到同一座國際機場大廳似地，一時間還各自堅持各自的天氣。

　　這是十二月份臺北的冬天。尋常的冬天，卻說不出是熱還是冷。今年和去年比較起來，是寒冬還是暖冬。

　　只是覺得怪。就只差一點點說不出的怪。

　　但心裡覺得不對。

　　放眼望去一群服裝差異如此巨大的人類，聚在一起，彼此無礙，自由通行。

　　「這不就是鬼域？」

　　冬不冬。

那就人不人，鬼不鬼。

2019 年 12 月 24 日

Chapter 4

台北的彩虹

養──我對真愛的質疑

年過半百，有一日和老友聊天，談及同志交友不易，要有長期伴侶更難。老友突然問我：你和人交往，一開始就讓對方知道你是醫生？

「是呀。」我說。我一向不喜歡保守不必要的秘密。

「那你怎麼知道對方不是看上你這一點？」

我一時語塞。

回顧以往，的確我已經養成了處處替對方付帳的習慣。而我也再懶得追究，對方喜歡的是我的人，還是身分地位，還是錢？

但眾多交往過的男友中，有一位至今令我印象深刻。

他是位身障人士，國中時生病發燒燒壞了耳朵，又有慢性病。但是位勤奮的上班族，才年過四十已經在台北東區買了房子自住。他不帥但有一副天使般的笑容，又是虔誠的基督徒，每個禮拜天按時上教堂。

有一天他賴我，說看我當醫生那麼累，要我乾脆辭職休息，他可以養我。

「如果你願意，你辭職，我養你一輩子……」見面時他又說了一次，用他那含糊不清的嗓音。

　　我一時不敢相信我的耳朵。

　　這話好像應該出自我的嘴，而不是他。

　　但多少年來，他卻是第一個也是唯一一個，表達要「養」我的人。當時我幾乎要失笑出聲，被一位殘障人士「包養」，如今才知真情的難能可貴。

　　但我畢竟沒能保住這段感情。

　　我漸漸失去在眾人聊天吃飯的場合，為他句句在紙上翻譯的耐性。他因為年齡較長才失聰，又因家境貧困，沒能好好學習讀唇，也不會手語。

　　而我終於沒能跨過這道溝通的鴻溝。

　　我不久之後有了第三者。

　　多年來看多了同志之間的分分合合，突然對這段「說要養我」的感情，分外覺得珍惜。如果說這世間還有真愛，那麼這段感情可說是我曾經擁有的最接近的了。

　　如今年近耳順，愈發對所謂「真愛」產生懷疑。除了父母子女間的親情，我幾乎都要打上一個問號。而父母對子女的真愛雖無庸置疑，卻又可歸諸生物的天性。子女對父母的愛，有部份歸功於後天的教育，和父母對子女之愛的無私無條件相較，子女對父母的愛相差甚遠。

　　「如果你不是醫生呢？對方還會一樣愛你嗎？」老友質問。

　　老實說，我不知道。

　　就像現在，我也不能確定這世上是否還存在真愛。萬物萬事皆有價，包括所有人際關係。「無價」的東西在功利主義的

今天，愈來愈稀少，病人對醫生如是，學生對老師如是，子女對父母，在未來恐怕更如是。

「說愛太沉重，能夠『陪伴』已經不易……」我這樣說。

中國人說「恩愛夫妻」，把恩擺在愛前面。

或許，這就是最切合實際的「真愛」了吧。

情人去相親

　　他的昔日部屬（男）Line 他說他要結婚了，問他要不要參加他的婚禮。12 月 7 日中午，地點圓山飯店十二樓。

　　「媽的這傢伙起碼有十年沒有聯絡了…」他想。要結婚就想起他了。

　　而且連喜帖都省了，用 Line。

　　他回他 Line：參加。

　　幾位？

　　他想起他現正交往的小羅。小羅好像平常惟一的嗜好就是吃。於是便立刻 Line 小羅：12 月 7 日中午要不要一起吃喜酒？圓山喔。

　　「好。」小羅那頭立刻一口答應。

　　於是他訂了兩位。

　　到了 12 月 6 號晚，已經一個多禮拜過去，他和小羅同在台北居然都沒有見面。小羅的說法是，最近他爸逼他相親逼得緊，他得多花時間在家安撫老爸。雖然這理由的邏輯聽來有點古怪，但身為同志，誰沒被逼婚過？他完全可以理解被逼婚的心情，當時的痛苦現今回想起來仍心有餘悸，於是便不打擾他。

　　但前一天他還是想提醒小羅，隔天中午十一點半左右，圓

山飯店 lobby 見。

　　沒有想到才 Line 小羅，對方立即用 Line 撥語音，說他明天中午要相親，不能和他一起去吃喜酒。

　　「什麼，」他不能相信自己的耳朵，小羅都已經 42 了還相什麼親？而且非得選同一個時間？

　　「我都已經跟新郎說好兩位了！」他氣急敗壞。

　　「我現在心情不好，不想和你多說，反正我爸已經安排好了，明天中午和女方吃飯……」小羅那頭聽來倒是心平氣和。

　　隔天中午他到了圓山，想到對方也許已經安排了兩個位子，忍痛包了一個雙倍的紅包，之後在擺著「男方朋友」的牌子的那一桌坐定。一看，全都是不認識的一對對夫妻，還有一對帶了兩個小孩來，一家子就佔了四個位子。

　　他這才想起，他有多久不曾參加過婚禮了……

　　而他的位置正對面，便是偌大的銀幕，正放映著一張張新郎新娘的婚紗照，現在的年輕人不一樣了，兩人不時秀出火辣清涼，旁若無人的春宮級照片，令他有些尷尬。

　　然後新郎新娘進場，接著主婚人致詞，一切行禮如儀，他只是坐立難安。

　　接著上菜，第一道清蒸大龍蝦，第二道佛跳牆，第三道干貝海鮮綜合拼盤，每一顆干貝怕有嬰兒手掌大，全是國宴等級的大菜，他卻有些食不知味──他想著小羅此刻正在另一家餐廳，吃著不同的食物，面對著另一個女人，而且是一個有可能成為他未來妻子的陌生女人……

　　魯迅曾經說過，中國人的婚姻，不過是把兩隻豬趕進同一個豬圈裡，指望生出一窩又一窩小豬仔來……

　　「為什麼相親就不能改期？」他又有些哀怨地想：「難道不只是結婚，今天也是相親的好日子？」

　　他越吃越不是滋味……

　　他竟然吃著吃著，連食物轉盤都懶得轉了……

　　心想世界上還有比這更荒謬的事嗎？一對同性情侶在星期六中午本當相聚的時刻，一個人在吃昔日同事的喜酒，另一個臨時爽約，在和另一個女人相親……

　　「這還真他媽的是個異性戀主導的世界呵，**生殖**，除了生殖，異性戀們沒有別的生存目標？……」他跡近絕望。

　　他在吃完第三道菜後，便匆匆離開了喜宴。

　　晚上和朋友聊天，他不禁抱怨。朋友提醒他：這是他聽過全世界最不可置信的事。

　　朋友說：這當中有兩個可議之處：一，小羅如果真的推不掉相親，為什麼不能改個時間？非要和已經答應出席的喜酒同一天同一餐？

　　第二，就有些嚴重了：小羅真的是去相親嗎？

　　「你確定你不是小三？」朋友表情嚴肅地問。

　　他，深深迷惑了……

2019 年 12 月

獨居者的被套

　　記得多年前一次約會，和對方晚餐之後，被邀請至家裡。

　　那是位於台北市精華區的公寓大廈頂樓的一處舒適的住所，在精緻的廚房小酌之後，我被請入了臥室，我登時心頭小鹿亂撞，以為接下來就要發生期待中應該要發生的事，結果只見對方把床上的被子一掀——那是一床潔白似雪的巨大棉被，接著從衣櫥裡拖出一張同樣巨大被套，滿臉誠懇地哀求我：「可以幫我一個忙，把這被套裝上？」

　　對方一個年近五十的大男生，和我一樣獨居多年，萬事一手包辦，一個人獨自做不了的，大概除了生小孩，就只有這換被套了。

　　我心頭一緊，突然鼻酸，想起自己夜夜緊擁的那床棉被，有多久沒換被套了？

　　而上一次，是誰幫我把那一床加大型雙人棉被的被套給穿上的？

　　一時間竟然想不起來。

　　想起當年在美國就讀哈佛醫學院時，發現西方人的確是比東方人更勤於更換被單床包床罩的民族。大部分只採用純白色，有客人睡過隔天就洗。但輕薄一張布，即使層層蓋在身上，

也彷彿什麼也沒蓋，夜半只覺渾身涼颼颼的，懷念傳統棉被的厚重壓覆感，一種確確實實風雨不透的保暖效果。

而西方人雖然層層床單床包床罩，卻完全沒有裝卸被套的問題，換洗床單和鋪床成了日常簡易的例行工作。也怪不得西方人獨居的比例高——一個人獨居有什麼大不易，端看如何搞定一張「床事」，就可以明白。

而回國之後，持續原來的單身生活，本也沒有什麼大不易，反而在便利商店密度居世界第一的台北，一切更加方便了——除了那一床看起來有「好幾十斤」重的棉被。

我們兩人終於合力將那床被套搞定之後，赫然額頭都冒出了汗。

因為牽涉到默契問題。

原來這世界上如何將棉被（尤其是傳統雙人加大厚重型）正確裝入被套，做法人人皆有自己「一套」。

沒有默契，只會愈幫愈忙。

而兩個人是否真的能夠生活在一起，**兩人一起裝被套**絕對是個試金石。

我望著對方滿意地將嶄新被套的棉被重新鋪好在床上，我不禁心頭浮現困難的抉擇：

是現在立刻就把它重新弄亂？

還是邀請他來我家，也幫我把我的棉被套重新換上？

2018 年 11 月 27 日

小爸爸的天空

晚餐時分我走進天母北路一家漢堡店。

正在櫃臺點餐時，被身邊掠過一個小孩的身影吸引。

平頭，南瓜臉，兩隻烏溜溜骨碌碌的大眼珠，全身曬得健康，大約小學一年級或幼稚園大班，揹著後背包，身手矯健地衝至我身旁的冰櫃，指著裡頭說：「我要喝牛奶。」

一轉頭，看著我，有點怔然，顯然大人還沒跟上來。

他就這樣一直睜著大眼看著我。

直到我點完餐，父親才出現。

父親幾乎就是小孩的放大拉長版。同樣平頭，骨碌碌大眼，緊身 T 恤牛仔褲，白球鞋。膚色是和小孩幾乎同一管顏料調出來的棕色，露出的臂膀肌肉發達，顯然平日上健身房的。

父子倆想必才從一個共同的戶外活動回來，因為膚色。

此時全身都還帶有陽光曬過暖烘烘的質感。

不知為什麼我多看了他們一眼。

是因為這位父親的臉孔有種稚氣的甜美？還是因為他矯健肌肉的身形？

還是因為我童年父親缺席的一段，正好我也就在這六、七歲的年紀？到底是我的移情作用——眼前這對父子的形象正

175

是我生命所欠缺……

我們各自坐下吃著手中的漢堡，隔著遠遠好幾桌。

當我快吃完時，這對父子來到我面前大約三公尺處的回收枱，將盤子裡吃剩的食物和餐具包裝紙等做垃圾分類。

然後父親將孩子抱起來，在洗手檯上洗手，又仔細把小孩的手和嘴臉拭乾淨。

不知為什麼這樣的親密畫面，我看著總有些不忍，想別過頭去。

然後是父親洗。

就在父親扯著擦手紙捲時，我注意到他左臉頰上，貼著極小一片方型的類似痘痘貼的東西——而這時，他也正好轉過頭來，目光掃過，一剎那間和我四目相接。

那一眼，我突然明白了——

其實他也正在看我。

目光洩露了一切。

天殺的人的眼睛總是會**洩漏一切秘密**不是嗎？

眼前這對天使般的父子，瞬時身上落下了人間的印記。

我才意識到，此時的我，也是平頭，棕色皮膚，健身，些許娃娃臉。

而他的那一眼，說明了他並非完全不被男人吸引。

我低下頭繼續吃完漢堡。

再抬頭，這對父子早已經離開了。

而我也若無其事起身，前往附近超市做每週例行的採買。

2020 年 8 月 6 日

去看螢火蟲，好嗎？

　　花蓮朋友騎車在花蓮山區繞了近廿分鐘，我才知道他也是頭一次來看螢火蟲。

　　我坐在機車後座，也許是坐太久了，竟然腦袋裡升起電影《紅衣小女孩》的畫面。同在花蓮長大，從小都聽過魔神仔帶走小孩的故事。

　　當小孩在山洞裡被找到的時候，嘴裡被餵滿稻草和蚱蜢。

　　不是螢火蟲。

　　也許有，但大人沒說。

　　終於在昏暗路燈下看見往「鯉魚潭」的路標。

　　是聽過那裡可以看到，不知天氣季節對不對。

　　朋友在燈火通明的停車場停好車。他低聲細氣地告訴我：螢火蟲什麼都怕，不能有任何驚擾，不然就都看不到了。

　　這驚擾包括車燈、車聲、人聲、下雨、水泥建築、太冷太熱。

　　我們一起屏息往環潭公路的深黑之處走去，我也顧不得腦袋裡的紅衣小女孩，緊跟在朋友身後。

　　在伸手幾乎看不見五指的小路上走了約莫有十來分鐘，也許是適應了黑暗。瞳孔放大，眼前居然亮了起來，樹葉、水漥、

石礫，居然都是會發光的。於是螢火蟲的存在更令人起疑。

我們兩人一同瞪大了眼睛，於不可疑處，處處起疑。遠處還不時傳來潭邊駐守部隊的「連上長官好」、「長官晚安」的集體吼聲。不知為何，這個「好」和「晚安」持續重複個不停。無論如何不肯輕易解散就寢。

「你看！」朋友叫出聲來，果然在不遠處的樹叢裡，有一燈熒熒。

沒錯。我們看見了童年記憶裡的螢火蟲，但，並無原先預期的狂喜──因為只有一隻。距離那些網路照片裡的滿山遍野，差距太大。

斷斷續續的蠅頭小光，孤零零埋在黑暗裡，似乎除了自己，什麼也照不亮。但受到這第一隻的鼓舞，我們信心十足地又繼續往前走。

然後，又陸續遇見零零星星的幾隻，其中一隻還伏在路的正中央，已經飛不動，似乎快要死了。

當我們決定要往黑暗深處繼續深入，從黑暗中無聲鑽出了一家人、男女老幼、談笑風生。繼而又不知從哪裡冒出來一隊年輕人，有男有女，衣履輕薄，帶頭的以手機的光冷冷照向我們。

於是我們就只好往回走了，不一會兒便回到停車場。

回程出發前我算了算，見到的螢火蟲不到十隻，但遇到的人類，遠遠超出了好幾倍。

某個地方

　　經常在某些地方，遇見某些特定的人。

　　譬如捷運站，滿滿的是心不在焉的人。一進車廂各自佔據一角立刻沈浸自己的手機世界裡。

　　彩券行前聚集的永遠是一心要以少少銀兩，對未來賭一把的人。看他們簽注的神情和姿態，不能不佩服他們的專注、勇氣和決心。

　　坊間的心靈課程，意外地，竟最多是跑業務的。無非寄望於人際關係的奇蹟。

　　醫院，我極少遇見對自己病況正確理解且適當反應的人。不是過度憂慮，就是太過輕忽。不然就全然搞錯，一臉茫然。

　　夜市裡充滿遊逛心態的人，毫無固定目標，處處任人勾引。

　　上班時間的公園，經常出現令人起疑的不上班的上班族，衣冠楚楚地坐著玩手機。入夜之後則是鬼魅般的遊民。

　　最令我不解的，是咖啡店，速食快餐店。

　　尤其是愈偏僻，愈安靜，愈少客人的店。

　　尤其是兩人對坐。

　　像同事，但更像前同事。小聲談著同業間的秘密，情報交換，心得分享。當你走近會刻意壓低嗓子，當你起身上廁所會

抬頭打量你。

　　尤其是一個人。

　　尤其一個人的桌上一堆家當：筆電、手機、平板、耳機、筆記、書。最誇張的，還自備一根背後搔癢的「不求人」。

　　我好奇他讀的什麼書，刻意假裝經過，眼角瞄到：商場無敵談判術。

　　我偷偷忍住笑：這一個人，就一副全然被打敗的樣子。

　　然而我呢？我坐在角落，假裝等人。

　　而等的人始終沒有出現。

阿富汗熊熊

近日聽聞美軍自阿富汗倉皇撤離，目睹民眾包圍機場強行登機，甚至攀住飛機外緣在全世界眼前自半空墜落身亡的畫面。突然就想起我生平認識的惟一一個阿富汗人。

那是 2016 年我參加「愛荷華國際作家寫作工作坊」（International Writer Program, IWP）時，遇到的來自阿富汗的一位作家。名字已經記不清了，姑且叫他阿熊。和來自其他國家的詩人小說家不同，他看起來毫無藝文氣息，三十來歲，不到 165 公分的身高，圓滾滾的頭臉四肢，脹鼓鼓的小腹，渾身濃密的體毛。一臉鬍腮，笑起來十分可愛，還帶點羞澀。

在第一天的自我介紹裡，在南腔北調頗為難解的各式英語中，我大約理解阿熊來自喀布爾，除了出版過幾本小說，他還會畫漫畫，在報紙上開有漫畫專欄，也自製卡通短片。

我們這群來自世界三十一個不同國家和地區的寫作人，被安排住在臨近密西西比河支流岸邊的校友會館二樓。我的房間就正面對著河，可以遠眺愛荷華校園西區的整座森林、劇場、美術館和音樂廳，景色十分宜人。尤其黃昏時刻，整個河面一片金黃，波光粼粼，河畔行人點點。有人散步其間，有人攜來食物、書籍或筆電，在草地上或坐或臥，真格好一處世外桃源

181

般的學院殿堂。

　　而我就在屢屢眺望窗外景緻時，時不時發現阿熊就坐在河畔的一塊石頭上，長時間一動也不動，低著頭玩弄手機。有趣的是他總穿著一件極合身的低腰牛仔褲，俯身坐著時，背後很明顯的就露出一截毛茸茸的屁股，深陷的股溝，引人遐思。

　　寫作工作坊為期超過六星期，所有人共處一樓，久了自然彼此了解更多，才一星期就有耳語傳播開來，說這期總共卅一人當中，就有近十人是同志，有男有女，而阿熊這位可愛的中東毛毛熊，竟然也名列其中，而且是最晚被發現的。

　　我是在第一天自我介紹時，便已言明自己是同志，也是惟一一位現場「出櫃」的作家。之後傳出來自印度的教授詩人也是，且和伴侶同居德里多年。來自北歐的女詩人也是，平常脂粉不施，少有笑容，舉止十分中性。而來自紐西蘭的原住民女詩人兼歌手，熱情奔放，濃眉大眼，身材前凸後翹，十分火辣，不久也大聲宣告她男女兼可。六個星期下來，她似乎和另一位女作家結成了手帕交，一對形影不離的閨蜜。

　　而阿熊平日沈默少言，偶爾走廊裡打照面也從不招呼，眼神零接觸，看來總是一副心事重重的模樣。我有一次試圖「破冰」，誇讚他是「東方同志界的天菜」，如果來亞洲旅行一定「深受大眾歡迎」，尤其是受日本同志文化影響，台灣多的是喜歡這類體型的「追熊族」──誰知他竟回答他曾經在日本東京待過幾個月，大約是短期工作的緣故。當下我的反應是：原來是見過世面的，那真是我多嘴了。阿熊搞不好比我更了解亞

洲同志文化呢。

「那麼，他知道他自己是某些同志眼中的『天菜』嗎？」我自忖——

而這個心頭疑問，要到數年後我們這群作家們在馬尼拉重聚首，才得以解答。

匆匆六個星期結束，我和阿熊並無進一步交流，最多看見他的時候，都是遠遠他孤獨一人坐在窗外的河邊石頭上，低頭玩著手機，一樣的位置，一樣那條牛仔褲，**一樣露著一截屁股，**半截股溝，久久不動，幾乎凝成了風景的一部分。

一個十一月的週末，整個作家隊伍被拉至紐約時代廣場，通宵慶祝了一夜，在川普當選美國總統的一片錯愕譁然聲中，工作坊正式宣布結束，眾人互道珍重後，各自搭上不同的國際班機打道回府。

而我們這群作家當中的十人，兩年後（2018）在菲律賓作家艾羅斯的安排下，在馬尼拉聖安東尼大學重聚了一次。這回是以國際文學會議的名義，艾羅斯以該校文學系教授身分，主辦了這次活動。

兩年不見，作家們一旦打開話匣子，七嘴八舌不免談起個人自工作坊以後的生活工作、事業發展，以及其他作家的八卦新聞，其中赫然包括阿熊的——

「你知道阿熊在工作坊結束之後，並沒有如安排的飛回阿富汗？」有人說。

「什麼？」

「總之他偷偷留了下來，最後得知的訊息，是他人依然在
紐約——」

「那他這是非法居留嗎？我們當時拿的都只是三個月的簽
證呀？！——」

「誰曉得，你知道嗎，後來工作坊方面才被通知，阿熊在
阿富汗有娶老婆，他是結婚的——」

「可他不是同志嗎？——」我話才說一半，腦中浮現他每
天坐在愛荷華校園河邊，露出半截股溝的畫面，突然間明白了
他之所以這麼做的原因——

「也許，現在他並不是非法居留唷……」我壓低了聲音：
「是不是有這個可能，他現在已經在美國找到伴侶，結婚了
呢……」

我放低了音量，幾乎自言自語。

「祝福你——」

（此刻，這祝福包括了更多阿富汗人民）

此刻我內心低語，一面隨手關掉了電視新聞。

2021 年 8 月 18 日

我的小三命

　　在朋友圈中，我算是愛算命的。

　　多年經驗累積，也見試過各式各樣的算命師，千奇百怪的算法，其中有準也有失，今天甚至可以一眼看穿其技倆話術。但卻有一次印象特別深刻，至今仍歷歷在目，不能忘卻。難忘的是算的方式十分奇特，更是算的結果出乎我意料，對我日後影響巨大。

　　記得那還是網路剛流行起來的時代，大家多在交友網站上交友聊天。有個從未謀面的朋友提起他最近想換工作，想去一個他覺得還滿準的地方算一下。

　　「我們全公司的人都去那裡算，而且也收費不貴…」他說。於是我興起也前往一試的念頭。

　　當時我初初踏入不惑之年，卻對人生滿心疑惑，尤其對自己的感情之路。一段段感情談下來，發現每一場戀愛都是化了妝的人生功課，而且個個不同，不但課本內容、程度不同，劇情更是精采離奇，簡直就是一齣齣「身心靈大考驗」，如八點檔連續劇般集集主題不同，情節出新，高潮迭起，絕無冷場，有時候不但可以狗血噴頭，還拳拳到肉。

　　年過四十，自詡人世滄桑大半走過，人情世故摸透，同時

　　體力和賀爾蒙下降，冷眼回看過往，感情生活不可謂不投入，結算下來卻只是一場空，怎能不覺得怪？誠如張愛玲所言：「人們只是感覺到日常的一切都有點兒不對，不對到恐怖的程度。」

　　我就是懷著這點「不對」和「不對的恐怖」，跟隨網友走進這個命相館——說命相館並不貼切，因為門口並無招牌，乍看就只是一處民宅，算命師是位中年婦女，相貌平平，就是一位鄰家太太模樣，現場也平淡無奇，既無香火神佛，也沒水晶紙牌，只是桌上中央擺著一隻金色金屬烏龜，烏龜周圍鋪著一圈撲克牌樣的小紙片，烏龜口中含著一根絲穗，穗端結一顆珍珠。

　　算命師要我心中一面想著要問的問題，一面去轉動烏龜，當烏龜停下來，龜頭對準的那張牌，便把它抽出來，交給算命師。

　　一連轉三次，抽三張。

　　「你問什麼？」她問。

　　「感情。」

　　她將第一張掀開。是一棵桃樹，枝上開滿了紅豔的桃花。

　　「你問感情？」她抬眼又和我確認一次。

　　「如果你問的是事業，那你會是桃李滿天下，學生很多，」她語重心長：「但你今天問的是感情，那就是桃花一小朵一小朵，感情上桃花不斷，一小段一小段，但都維持不久，」

　　我聽得不由心中一慘，但她說得一點沒錯。

　　「我年紀已經不小了，想定下來⋯」

「你到老到死都一直桃花不斷，」她笑著說。

接著翻出第二張，是福祿壽三星。

「如果你今天問的是事業，」她又一臉遺憾地笑起來：「這是一張好牌，福祿壽俱足，事業十分發達。可是你問的是感情，那就表示你談感情的時候，其實都是三個人⋯」

我雙眼圓睜，一時說不出話來：「三個人？」（同時一生所有戀愛場景不斷飛快在眼前重演）

「沒有呀哪有？」我口中嚴正抗議，其實心中正掀起懷疑的濤天巨浪，和誰是三人行？和誰誰誰也又是三人行？有嗎？有嗎？那和他竟然也是？──天。

天呀。我內心崩潰大叫。

因為仔細回想起來，每一段有疾而終或無疾而終的戀情，都極有可能是。或者──

就是！

原來就是。

我終於彷彿明白了一些真相。又彷彿這一切來得太快太突然，還不能接受。

但遲早的事。

因為內心深處有一個聲音傳來，無比清晰和篤定：是。是的。其實就是這樣。

「都是三個人──」她斬釘截鐵說：「只是有時候你知道，有時候你不知道──」

所以說。這樣說來。我艱難地回想，期期艾艾，只是無法

承認：我有時是小三，有時「被小三」。但從她的眼神看，我是小三的時候居多。

都。是。三。個。人。

然後就是蓋棺論定的第三張了。

圖形是一隻水牛在水裡抬頭看著天上一輪月彎，我第一次注意到紙片上原來還有一行小字：西牛望月。

至此我已經完全接受不抵抗地聆聽她的結論：西牛（犀牛）望月，就是「等嘸人」，就是一場空的意思。

我至此其實已經被三張牌所揭露的真相所徹底擊潰。

「沒有結果啦。等無人。」

我想起黃乙玲以哭腔唱出的一首好聽的悲歌——

但此時我眼角看到貼在牆上的價目表，頓時又興起最後一搏的念頭。「問事六百，改運三千。」

那，如果，我改一下我的感情運如何呢？——

「我想改一下我的感情…」我同樣斬釘截鐵地說。

「什麼？」她說：「改運？桃花朵朵並沒有什麼不好哇——」

我堅持。

「不必改。」她更堅持，並吐出我幾乎不能置信的智慧語言：「**強摘的果不甜，強求的緣不圓。**」

我無法再辯駁。

好像只是轉眼間，廿年過去了。至今，自覺我還在這三張牌所揭示的魔咒一般的命運裡打轉。

每當在陌生的相遇裡初初動心起念，這次算命的場景便會

重現眼前。

　　三個人。三個人。三個人。

　　因為很重要，所以說三次。

　　我，自問：我何時才要開始，真正地開始接受這個小三命？

2020 年 7 月 4 日